Jette Janssen

Schwarze Stille

Ostfrieslandkrimi

Klarant Verlag

Klarant Verlag, www.klarant.de – www.ostfrieslandkrimi.de
ISBN: 978-3-95573-856-3
1. Auflage 2018
Umschlagabbildung: Klarant Verlag

Printed in the EU.

Kapitel 1

Maxim atmete gleichmäßig. Er lief seit fast genau drei Jahren dieselbe Strecke. Oder hieß es die gleiche Strecke? Verflixt. Imke weiß so etwas, sprang es ihm in den Kopf. Hätte es gewusst, verbesserte er sich. Nicht, weil sie Germanistik studiert hatte oder Schlimmeres vielleicht. Nein, sie hatte ein unbeschreibliches Gefühl für Sprache.

Er lief schneller, musste es tun. Früher waren sie gemeinsam an der See gelaufen. Sooft es ging. Dem rauen Wind entgegen und manchmal Hand in Hand. Die er spürte, manchmal, als wäre sie bei ihm. Seitdem mied er ihren Lieblingsweg nahe der Siele. Er hatte Angst, noch einsamer zu werden.

Die lange Allee mit ihren ehrwürdigen Eichen, Buchen und Linden, durch die er an den Wochenenden fast andächtig spazierte, durchlief er völlig unbeachtet. Warum, dachte er. Warum bist du fort? Musste das sein? Musstest du einfach so gehen? Ohne jedes Wort. Sein Rhythmus war dahin. Er rannte und überall sah er sie. Ihretwegen war er hierher gekommen. In dieses Kaff. Er brüllte ihren Namen durch die Nacht. Der Evenburg entgegen, die er nicht sah, aber fühlte. Wie in jeder Nacht. Der Park umschloss ihn. Kein warmes Umarmen. Nein. Ein hartes Immernäherkommen, ein Die-Luft-Abdrücken, ein Stoßen und Ziehen. Zwischen alten tief hängenden Bäumen und dem sternenlosen Himmel gefangen. Er schrie wieder ihren Namen. Ein Vogel flog auf. Schwere Flügel schlugen hastig über seinen Kopf hinweg. Er versuchte noch schneller zu rennen. Sein Atem überschlug sich. Weder Arme noch Beine passten sich seinen Wünschen an. Sie begannen unkoordinierte Bewegungen zu machen und weigerten sich scheinbar, seinem Willen zu gehorchen. Er stolperte. Fiel auf die Knie. Spürte einen stechenden Schmerz. Er rappelte sich auf. Feuerte seine Glieder an. Er schrie abermals laut nach Imke und lief in vollem Tempo rechts den Weg weiter, weg von der Burg. Er stolperte erneut, fiel gar nicht erst auf das noch immer pochende Knie, sondern auf den Bauch, die Hände schafften es nicht rechtzeitig, seinen Körper abzustützen. Doch er fiel nicht auf den sommertrockenen Sandweg. Bevor er nachdenken konnte, auf was er lag, hörte er als Letztes ein »Schnauze«. Der Schmerz, der durch seinen Schädel brüllte, war das Allerletzte, was er wahrnahm.

*

»Ist er tot?«

»Ja, sicher. Wie der aussieht. Überall Blut.«

»Ruf die Polizei. Das macht man doch in solchen Fällen. Auch wenn es ein Penner ist.«

»Helga! Sei nicht so herzlos. Außerdem ist das kein Penner. Er hat Sportsachen an. Und nicht gerade welche von Aldi.« Die kleine Frau schob ihren rechten Walkingstock zu den Schuhen des vor ihnen liegenden Mannes. »Sieh. Teure Dinger. Die können wir uns nicht leisten … Ich ruf jetzt an. Helga, wir sollten nichts anfassen. Der hat was auf den Kopf bekommen. Und zwar ordentlich was.«

»Ich fass doch gar nichts an. Bin doch nicht blöd. Ich weiß, was ein Tatort ist. Keine Bange.«

Biggi schüttelte den Kopf. Tatort. Aus dem Fernsehen kannte ihre Freundin inzwischen alles. Helga war ein Fernsehjunkie. »Ach, halt den Mund. Die Polizei muss her.« Die letzten Worte gingen in einem Schluchzer unter. Sie konnte sich das Weinen nicht länger verkneifen. Ein Toter, mitten auf dem Weg in ihrem schönen Evenburgpark. Dabei sollte hier in zwei Wochen schon das »Kleine Fest« am 18. August beginnen.

»Hallo … Hier im Park am Schloss … Ja. Ein Toter.«

Helga nahm ihr das Handy aus der Hand. »Verzeihung. Ich übernehme. Der Zeugin ist übel. Sie ist das nicht gewohnt.« Sie beschrieb in wenigen Sätzen, was sie sah und wo sie waren. Nach dem Telefonat nickte sie dem Toten zu, als könnte es ihn beruhigen. »Die kommen gleich und kümmern sich um alles.« Ein leichtes Beben ihrer Stimme machte ihr selbst Sorgen.

Sollte sie so etwas tatsächlich aufregen? Vielleicht sogar mitnehmen? Nach dem, was täglich um sie herum und in der ganzen Welt geschah? »Was ist schon ein Toter in Ostfriesland gegen all die vielen Toten auf der ganzen Welt?«, murmelte sie vor sich hin. Sie nahm Biggi an den Arm und zog sie zur nächsten Bank. Dort saßen sie schweigend die wenigen Minuten, bis endlich zwei uniformierte Polizisten durch das Tor neben der Musikschule kamen. Beide Frauen sprangen auf. Ihre Stöcke hatten sie achtlos neben die Bank geworfen, was jetzt Biggi fast zu Fall brachte. Eine Schlaufe verfing sich in ihrem linken Schuh und sie kam nicht mehr davon los. »Helga, hilf mir, ich hänge fest.«

»Muss das jetzt sein?« Helga kniete sich nieder und versuchte, den Fuß ihrer Freundin zu befreien. Als sie das nächste Mal aufsah, standen zwei Männer vor ihnen und schüttelten die Köpfe.

»Sie haben uns angerufen? Ich bin Polizeihauptkommissar Ole Freerichs, das ist mein Kollege Polizeioberkommissar Hauke Runge.«

»Ja!«, riefen beide Frauen gleichzeitig. »Endlich«, setzte Biggi hinterher. Sie meinte damit eigentlich die Wiederbeweglichkeit ihres Fußes. Aber als einer der Männer sagte: »Fliegen können wir noch nicht«, beließ sie es dabei. »Da ist er.« Mehr brachte sie nicht heraus. Sie fing an zu weinen. Helga seufzte. »Ich habe es Ihnen ja schon am Telefon gesagt. Sie ist das nicht gewohnt.«

Endlich sahen die Beamten den Mann am Rand des Weges liegen. Sie stürzten hin, einer fasste ihm an den Hals, rief etwas, der andere nickte. Helga verstand nichts, Biggis Weinen war immer lauter geworden.

»Haben Sie nicht gemerkt, dass er noch lebt? Das ist unterlassene Hilfeleistung! Wenn der stirbt, sind Sie dran!« Freerichs schrie sie an.

Helga schluckte. Nein, das konnte nicht sein. In den Filmen wurde immer eine Leiche gefunden. Immer!

Später, als der Krankenwagen weg war und die Spurensicherung ihre Arbeit tat, trat Hauke Runge zu ihnen und nahm ihre Aussage auf. Besser gesagt, er versuchte es. Denn weder Biggi noch Helga brachten einen zusammengehörenden Satz heraus. Beide waren viel zu aufgeregt, selbst Helga flossen die Tränen über das Gesicht. Biggi würde irgendwann darüber nachdenken, dass sie ihre Freundin noch nie vorher hatte weinen sehen. Aber das fiel ihr im Moment nicht auf. Der Tote war nicht tot. Er lebte.

»Überlebt er?«, unterbrach sie den Polizeikommissar.

Der hob die Schultern. »Das wird sich zeigen. Die nächsten achtundvierzig Stunden sind entscheidend.«

»Sagt der Doktor«, setzte Helga hinzu. Diesen Satz hatte Helga oft im Fernsehen gehört. Sie nickte Biggi zu und putzte sich die Nase. »Ja, so ist das. Ich glaube, er wird wieder.«

»Und wenn nicht?« Biggis Stimme war kaum zu hören. »Wenn nicht? Dann haben wir ihn sterben lassen.« Die Frauen fielen sich in die Arme und trösteten sich gegenseitig. Der Schrecken saß tief und wie es aussah, würden sie sich sehr lange nicht beruhigen. Hauke Runge gab fürs Erste auf. »Sie kommen morgen zu uns. Pünktlich um zehn Uhr!«

Kapitel 2

Sie kamen beide untergehakt aus der Polizeiinspektion in der Georgstraße. Ihre Aussagen waren protokolliert und unterschrieben und die gute Nachricht war die, dass er, dieser totgeglaubte Mann, noch lebte und es ihm sogar gut ging.

»Komm, gehen wir zu ihm. Irgendwie haben wir ihn ja doch gerettet. Maxim Henndorf. Ein schöner Name.«

Biggi nickte und die Erleichterung, dass der Mann lebte, war groß genug, um sie endlich wieder lächeln zu lassen. »Du hast geweint. Wie ich.«

Helga winkte ab. »Na und? Ein paar Tränen. Lass uns überlegen, was wir ihm mitbringen.«

»Du hast regelrecht geheult. Das ist schon einen Eintrag in meinen Kalender wert.« Als müsste sie das Datum eintragen. Den Tag würde sie ohnehin nicht vergessen.

»Ach, lassen wir das. Er ist kein Ostfriese. Hatte auch nicht die Figur wie einer.«

Biggi lächelte mehr. Figur eines Ostfriesen. Na, sie kannte Helga schon sehr lange. Für sie war der männliche Ostfriese mindestens eins neunzig groß, blond und hatte weit mehr als dreißig Kilo Übergewicht. Helgas Vater war so einer und ihre drei Brüder hätten für ostfriesische Männlichkeit Werbung machen können.

Die Sonne schien kräftig auf sie herab. Eigentlich hatten beide seit gestern angenommen, der Sommer müsse vorbei sein. Nach all dem Erlebten. Tatsächlich hatte es mittags begonnen zu regnen und erst vor wenigen Stunden aufgehört. Als wenn der Himmel keinen Grund mehr hatte zu weinen.

»Komm«, sagte Biggi. »Lass uns am Nesseufer entlanggehen. Ich mag ein bisschen in die Leda schauen, bevor wir unseren Krankenbesuch machen.« Sie stritten sich noch kurz, wo sie am besten ein paar Blumen bekommen würden oder ob es besser sei, einem Mann etwas anderes mitzubringen. Sie einigten sich auf einen guten Tropfen von Wein Wolff in der

Rathausstraße. So hatten sie alles: Wasser und das Mitbringsel aus der Altstadt, in der auch das Borromäus-Hospital lag.

*

Jetzt lag er im Krankenhaus herum und sollte nicht nach Hause dürfen. Seine Patienten, was sollten die von ihm denken, wenn sie vor verschlossenen Türen standen? Wahrscheinlich würden sie sich gleich einen anderen Psychologen suchen. Allerdings würden sie so schnell keinen Termin bei einem Kollegen bekommen. Er grübelte und fand keine andere Lösung, als die Schwester zu bitten, Ubbo anzurufen. Eigentlich wollte er ihn nie wieder um einen Gefallen bitten. Er hatte viel für ihn getan, erst recht seit Imkes Tod. Als hätte er ihn als Ersatz an Kindes statt angenommen. Anstelle von Imke. Aber er konnte ihm Imke nicht ersetzen. Im Gegenteil. Imke sollte, verdammt noch mal, gar nicht gestorben sein. Komisch, dass Ubbo noch gar nicht aufgetaucht ist, dachte Maxim. Hatte er gestern wegen der Schmerzmittel die falsche Nummer gesagt, als er nach den Kontaktdaten seiner Angehörigen gefragt wurde? Er konnte sich kaum an den gestrigen Tag erinnern. Die Schwester hatte am Morgen gesagt, die Polizei käme heute wieder. Wieder müsste bedeuten, sie war bereits bei ihm gewesen. Menschen waren um ihn gewesen, aufgeregt. Das war möglich. Wahrscheinlich waren Polizisten und Rettungskräfte dabei. Und die Schwester, deren Namen er nicht kannte, weil sie das Namensschild ungünstig unterhalb des Kragens unter einem Tuch befestigt hatte, sagte etwas von zwei Frauen, die ihn im Park am Schloss Evenburg gefunden haben sollen. Ubbo, ich muss Ubbo anrufen. Er drückte auf den Notschalter und wartete ungeduldig auf eine Reaktion.

»Herr Henndorf, haben Sie Schmerzen?«

Eine Frau, die er bisher nicht gesehen hatte, betrat sein Einzelzimmer. Er überlegte, was er antworten sollte, denn Schmerzen verspürte er schon, aber das war ja nicht der Grund, warum er jemanden gerufen hatte. »Nein, eigentlich wollte ich um ein Telefon bitten. Ich muss meinen Schwiegervater anrufen. Meine Praxis ist verwaist und meine Patienten sollten informiert werden. Ach, da fällt mir ein, Daniela könnte das übernehmen.« Maxim sprach von Natur aus nicht schnell und sein Beruf brachte es mit sich, dass er sich je nach Situation anzupassen verstand. Er nahm an, der Schwester noch mehr erklären zu müssen, warum er telefonieren wollte, zumal sie an sein Bett getreten war, ihn anlächelte und seinen Puls fühlte und mit keiner Geste kundtat, dass sie ihm überhaupt zuhörte.

»Also haben Sie keine Schmerzen?« Sie lächelte weiter und ihre Augen, die Farbe konnte er wegen der ins Fenster scheinenden Sonne nicht erkennen, sahen ihn durchdringend an. »Ihre Werte sind im Normalbereich. Ich denke, Sie können schon morgen nach Hause. Allerdings müssen Ihre Patienten einige Tage ohne Sie auskommen. Auf Sport sollten Sie in der nächsten Zeit verzichten. In der Akte steht, die Verletzung wurde Ihnen beim Joggen zugefügt. Gefährlicher Freizeitsport, wie es scheint, dem Sie nachgehen.«

Sollte das witzig sein? Er fand diese Art Humor absolut fehl am Platz und setzte sich auf. Vielleicht war diese Frau nicht in der Lage, sich anders auszudrücken. Statt ihr rüde zu antworten, sagte er betont geduldig: »Ich wollte lediglich ein Telefon. Keine Beratung über meine Freizeitaktivitäten.«

»Sie sind mir einer. Meinen Sie, die Oberärztin schleppt die Telefone für die Patienten mit sich herum? Darum müssen Sie schon das Pflegepersonal bitten.« Sie lächelte nicht mehr. »Ach, habe ich vergessen mich vorzustellen? Entschuldigung, mein Fehler. Mein Name ist Antke Hanken. Oberärztin auf dieser Station. Und für Sie verantwortlich zurzeit, solange Sie in unserer Obhut sind. Wenn ich mich nicht irre, sind Sie Doktor Maxim Henndorf.« Sie reichte ihm die Hand.

Er streckte ihr seine entgegen. Sie hätte sich wirklich vorstellen müssen. Jetzt hatte er sich blamiert. Zumindest in den Augen der Ärztin. Was ihm selbst im Grunde gleichgültig war. Er musste niemandem mehr etwas beweisen. Ohne Imke, die einzige Frau, deren Meinung ihm wichtig gewesen war, spielte so etwas keine Rolle mehr. Er hatte schließlich alles verloren. »Frau Doktor Hanken, angenehm. Ja, Maxim Henndorf. Doktor als schmückendes Beiwerk. Unwichtig. Trotz allem brauche ich sofort ein Telefon.«

»Haben Sie kein Handy? Sie waren doch in aller Herrgottsfrühe laufen, da nimmt man sein Handy nicht mit?«

Die Frau könnte zur Polizei gehen. Was ging sie das an? Er schüttelte den Kopf. »Nein. Was *man* macht, weiß ich nicht. Ich benutze jedenfalls privat kein Handy. Glauben Sie mir, es geht.«

»Nun ja, jetzt scheint es, als würden Sie ganz dringend eines benötigen.« Antke Hanken reichte ihm tatsächlich ihr iPhone. Sie grinste. »Aber Sie wissen, wie man damit umgeht, oder? In zehn Minuten hole ich es mir wieder ab.«

Er winkte ihr zu, versuchte freundlich zu schauen, was fehlschlug, und wählte Danielas Nummer. Sie war Imkes Freundin aus Kindertagen und arbeitete für ihn, seit er die Praxis übernommen hatte. »Daniela. Bist du in der Praxis? Was?« Er hörte ihr eine Weile zu. »Also ist alles geklärt. Die Termine kannst du umschichten auf nächste Woche … Nein, nur die von gestern und heute.« Sie unterbrach seine Anweisungen, was ihn ungeduldig werden ließ. »Nein. Ich komme morgen nach Hause. Gleich früh. Die restlichen Termine bleiben, wie sie sind.« Er beendete das Gespräch, um nicht wütend zu werden. Ubbo hatte längst für alles gesorgt, Maxim hätte es wissen müssen. Dafür müsste er ihm dankbar sein, doch er fühlte sich wie ein kleiner Junge, dem man keine eigenen Entscheidungen zutraute. Ubbo behandelte ihn seit fast zwei Jahren so. Seit Imkes Tod. Und Ubbo war auf dem Weg zu ihm. Jetzt. Es klopfte an der Tür. Maxim legte das Handy der Ärztin weg, setzte sich aufrecht hin und deckte sich bis zur Brust zu, da er noch immer das Klinikhemd trug, und sagte: »Ja, Ubbo, komm ruhig rein.« Er atmete tief ein, spürte, wie die Haltung seinem schmerzenden Kopf nicht guttat, und rutschte ein Stückchen hinunter. Er rechnete mit dem fast zwei Meter großen Mann und seinem grauhaarigen kurz geschorenen Kopf, mit den dichten Brauen über den Augen, die fast immer ein wenig belustigt schauten. Stattdessen sah er einen dunkelblonden Frauenkopf mit unruhigen großen Locken und eine zweite Frau, auch hier zunächst deren Kopf, dessen Haare sich nicht zwischen schwarz und grau entscheiden wollten. Die Größere der beiden schob die kleinere Dunkle vor sich her. »Ähm, Herr Henndorf?« Die Größere schloss die Tür hinter sich, als sie das fragte.

»Ja, der bin ich.« Er war sonst eher freundlich und wusste, wie man Menschen begegnete. Doch der gestrige Vorfall und das Fremdbestimmen, das er über sich ergehen lassen musste, hatten ihre Spuren hinterlassen.

»Wir sind Helga und Biggi. Wir haben Sie gefunden. Gestern. Und wir sind so froh, dass Sie leben.«

Die Dunkle setzte nach: »Oh ja. Das können Sie sich gar nicht vorstellen. Wir haben gedacht, Sie sind tot. Eine Leiche sozusagen.« Sie schüttelte sich. »Es war schrecklich.«

»Tot? Ich?« Das war ihm neu. Niemand hatte ihm gesagt, wie schlimm es um ihn gestanden hatte. War deshalb Ubbo noch nicht bei ihm gewesen, aus Angst, erneut einen geliebten Menschen leiden zu sehen und ihn womöglich zu verlieren?

»Ach, Herr Doktor. Das war ein Irrtum. Sie sahen aus wie die aus dem Fernsehen.« Helga war böse auf Biggi, sie hatten ihm das nicht sagen wollen. »Und wir haben ja versucht, nun ja.« Lügen wollte sie auch nicht. Schwierige Sache. »Jedenfalls leben Sie und wir, also Biggi und ich, sind sehr froh darüber. Hier ein Schlückchen für die Zeit nach dem Krankenhaus. Hier drin darf man nicht, oder?«

Biggi sorgte sich um Helga, die sich albern wie ein Schulmädchen aufführte. Sie schwatzte. Es fehlte noch, dass sie dem Psychofritzen um den Hals fiel. Sie entschloss sich, mehr Sachlichkeit in die Angelegenheit zu bringen: »Aus der Altstadt um die Ecke haben wir ihn besorgt. Der Rote wurde uns empfohlen.« Ihr Hals fühlte sich seltsam an, als würde er zusammengedrückt. Sie wollte nicht heulen, nicht hier und nicht jetzt. Vor diesem Mann. Den sie fast hatten sterben lassen. Sie holte sicherheitshalber ein Taschentuch aus der Umhängetasche. »Ich habe Heuschnupfen«, erklärte sie und hoffte, Helga würde sie nicht verraten.

Die sagte nur: »Tja, meine Freundin ist Allergikerin. Nicht schön. Sie sehen ja, die roten Augen und die geschwollene Nase.« Das Erste war eine Lüge, doch die Wahrheit wäre gewesen: Biggi ist nah am Wasser gebaut. Wenigstens passten die beschriebenen Äußerlichkeiten zu beidem, zum Heulen und zum Heuschnupfen.

Maxim begann langsam zu verstehen, schließlich beschäftigte er sich schon fast zwanzig Jahre mit der Psyche der Menschen. Die beiden hatten ihn gefunden, nicht tot, aber scheinbar in einer Lage, die darauf schließen ließ, dass sein Körper längst vom Geist verlassen war, und schleppten sich nun mit einem schlechten Gewissen herum.

»Völlig unnötig«, sagte er.

Helga und Biggi sahen sich erstaunt an.

»Was ich meine: Sie haben mich gefunden und wohl Hilfe gerufen, oder?«

Beide nickten schnell.

»Die Hilfe kam und nun bin ich hier. Also völlig unnötig von Ihnen, ein schlechtes Gewissen zu haben.«

Biggi ließ ihren Tränen freien Lauf, Heuschnupfen hin oder her. So viel Großmut ging ihr sehr zu Herzen.

»Biggi. Reiß dich zusammen.« Helga stupste ihre Freundin in die Seite, bevor sie sich an Maxim wandte. »Herr Doktor Henndorf, das ist wirklich sehr nett von Ihnen, aber wir wollten tatsächlich nur einen Krankenbesuch bei Ihnen machen.« Sie mochte ihren Fehler bei der gestrigen Diagnose nicht zugeben und erst recht nicht, dass sie ihr Gewissen plagte. In Zukunft würde sie sich jede vermeintliche Leiche genau ansehen. »Und wir möchten Ihnen gute Besserung wünschen, und falls Sie etwas brauchen, melden Sie sich einfach bei uns, ja?« Sie schob wie vorhin Biggi vor sich her, aber dieses Mal in die andere Richtung. Sie wollte die Tür öffnen, griff dabei jedoch ins Leere. Auf der anderen Seite stand ein großer Mann in den besten Jahren. Helga hielt die Luft an. Und blinzelte mit den Augen. Beim dritten Blinzeln glaubte sie es. Es war kein Traum. Er stand da, hoch und breit wie die Tür, und sagte mit tiefer Stimme: »Leeve Doomen, rin or rut?«

Kapitel 3

Er hatte Ubbo versprochen, alles etwas langsamer angehen zu lassen. Und vor allem nicht mehr vor dem Sonnenaufgang zu laufen. Den Park sollte Maxim ebenfalls vorerst meiden. Dazu hatte ihm auch dieser Korinthenkacker von Hauptkommissar Ole Freerichs geraten. Der ihm übrigens inzwischen mehr als auf den Geist ging. Fast konnte man es als Belästigung bezeichnen. Die Leeraner Polizei schien im Gegensatz zur Politik in diesem Jahr ein Sommerloch zu haben. Als wenn sie nur auf so etwas gewartet hatten: Psychologe im Park erschlagen. Dazu war es nicht ganz gekommen, aber der Freerichs wartete auf etwas. Der meinte, das wäre aller Wahrscheinlichkeit nach nicht alles gewesen. Und das Wort Mordversuch fiel mehrfach. Mordversuch. Nach seinem Geschmack gebrauchten der Hauptkommissar und Ubbo diesen Begriff viel zu häufig. Drohung und Mahnung lagen in dem Fall für ihn nicht weit auseinander. Was Ubbo ahnte, wovon der Polizist jedoch keine Ahnung hatte, war, dass Maxim keine Angst kannte. Nicht mehr. Er bangte nicht um sein Leben, warum sollte er? Sein Leben war Imke gewesen. Er lief etwas schneller, nachdem er den kleinen Weg an der Haneburg hinter sich gebracht hatte, um die Gedanken loszuwerden. Sein Kopf tat weh, was er als beruhigend empfand. Schmerzen waren ein Indiz des Lebens. Er lebte und womöglich kehrte irgendwann einmal der Wille, am Leben zu bleiben, zu ihm zurück. Wie oft sprach er mit seinen Patienten darüber. Er selbst war ein Albtraum eines Patienten. In jeder Hinsicht. Aus dem Grund sparte er sich eine Therapie. Er musste von allein zurückfinden. Maxim setzte kleine schnelle Schritte vom Parkplatz Blinke durch die schmale Gasse bis zum Rathaus und freute sich auf das Laufen am Wasser. Ein Stück weit wollte er am Handelshafen entlanglaufen und zurück den Weg über den Freizeithafen bis zur Touristinformation nehmen. Die Leda lag groß und ruhig vor ihm. Er blieb kurz stehen, wie es Imke immer getan hatte. *Sieh*, hatte sie gesagt, *wie schön wir es haben. Ich liebe Ostfriesland und möchte nirgendwo anders leben.*

Das war ihr gelungen, dachte er und rieb sich die Augen. Vielleicht sollte man so etwas nicht aussprechen. Vielleicht hörte das jemand und schnappte einem das Glück von einem Moment auf den anderen einfach weg. Vielleicht denke ich absoluten Blödsinn. Er entschloss sich dazu, an den Booten oder Schiffen, er kannte den Unterschied nicht wirklich, vorbeizutraben, und sah nicht mehr auf das Wasser. Er wich einer kleinen Gruppe aus, die einer Stadtführerin in Mittelalterkleidung folgte. »Moin!«, hörte er fröhlich in verschiedenen Stimmlagen und nickte als Antwort. Dieses ewige Gegrüße fand er vor allem, wenn er lief, anstrengend und überflüssig. Er sehnte sich nach der Dunkelheit. Nach der schwarzen Ruhe, die des Nachts in Ostfriesland schöner war als anderswo. Ja, das war seine Erkenntnis. Das war das, was sein Leben ausmachte und ihm gestattete, überhaupt weiterzuleben. Er blieb abrupt stehen, sah kurz in das Wasser, das ihm sogleich Imkes Lächeln zurückbrachte, und drehte um. Er hatte nicht vor, sich zu verstecken, nur weil ein Irrer mit einem »stumpfen Gegenstand«, so hatte Freerichs das ausgedrückt, herumlief und damit auf ihn einhieb. Ernst konnte der das ohnehin nicht gemeint haben, denn dann wäre er tot. Dann wäre absolute Ruhe. Endlich. Maxim erhöhte das Tempo, als er sich der Gruppe erneut näherte. Er überlegte, wo er sie überholen sollte, entschied sich für rechts und rief laut »Achtung!«. Schließlich wollte er niemanden umlaufen, zumal einige darunter waren, die deutlich älter als Ubbo waren. »Danke«, sagte er, als er sie erreicht hatte und zwei von ihnen, Hand in Hand, die anderen beiseiteschoben.

War es, weil er sie dabei ansah oder weil er nicht genug aufpasste und damit den Platz nicht richtig einschätzte oder weil er die Gruppenmitglieder mit seinem Achtungsruf verwirrt hatte und diese wie aufgeschreckte Hühner plötzlich durcheinanderliefen? Alles war möglich. Jedenfalls trat er mit dem rechten Fuß nicht auf das Pflaster, sondern ins Leere. Sein Oberkörper war zu weit vorn, als dass er hätte verhindern können, was passierte. Er fiel in die Leda. Und zwar mit ordentlichem Schwung. Er tauchte unter und war dermaßen erschrocken, dass er sich anfangs nicht bewegen konnte. Maxim öffnete die Augen, die er zuvor automatisch geschlossen hatte, und sah etwas Großes vor sich. Er hasste es, Wasser in die Augen zu bekommen, aber wenn er heil an die Oberfläche kommen wollte, musste er etwas sehen. Endlich bewegte er seine Arme und anschließend die Beine. Alles funktionierte. Die Boote lagen an der Stelle sehr nah beieinander. Er musste ein Stück vom Hafenbecken wegschwimmen, um ungeschoren auftauchen zu können. War es möglich, an solchen Stellen zu ertrinken? Würde es auffallen, wenn er keine Versuche unternahm, um sich zu retten? Ertrinken? Imke? Ist das der passende, erlösende Augenblick? Er streckte sich und jemand fasste seine Hand. Dann packte etwas seine zweite Hand, griff unter seine Oberarme und zog ihn an die Wasseroberfläche. Maxim trat um sich, er spürte Panik und sah, wie der erlösende Augenblick sich vor seinen Augen auflöste. »Imke!«, schrie er verzweifelt.

»Ganz ruhig. Wir haben dich. Gleich sind wir an Land.«

*

»Ist da noch jemand reingefallen?«

»Warum? Wer sagt das?«

»Na, er!«

»Ne, ich glaub nicht. Wieso?«

»Er hat nach einer Imke gerufen. Kommt der Krankenwagen endlich? Wir müssen noch mal rein. Wenn die in der Leda ist, bis jetzt. Und wir haben sie nicht gesucht. Los!«

Maxim lag unter einer Decke auf einer Notfallliege. Die Unterhaltung wurde neben ihm geführt, ganz als wäre er nicht anwesend. Wäre er kräftig genug gewesen, hätte er sie gestoppt und ihnen gesagt, dass es keine Imke gäbe. Nicht mehr. Nicht seine Imke. Genauso wenig reichten seine Kräfte, um über das nachzudenken, was geschehen war. Wollte er springen? Oder war es ein Unfall? Oder war der Fuß, den er vor sich sah, gerade jetzt, vorhin auch schon da gewesen? Unmittelbar vor ihm? Als er ein Stück zu weit ausgewichen war? Oder ausweichen musste? Er hörte das Signal eines Rettungswagens. Sie kommen. Sie holen ihn. Sie suchen Imke. Und bringen sie zu ihm. Er wäre gern aufgestanden und weggegangen. Doch ein Mann kniete neben ihm und hielt seine Hände. Maxim versuchte, sie abzustreifen. »Imke. Imke ist nicht da.«

»Sie suchen nach ihr. Sie sind gut, die Jungs. Haben Sie rausgeholt. Obwohl Sie sich gewehrt haben wie ein Berserker. Die Ruderer sind starke Jungs.«

»Jungs? Ruderer?« Maxim hob den Kopf. »Lassen Sie mich los!« Er spürte seine Stimme zurückkehren. Endlich. Hatte er Wasser geschluckt? Hatte er den Mund geöffnet wie zuvor die Augen und das Wasser der Leda aufgesogen? Nein. So weit war es nicht gekommen. Glaubte er. Aber es hätte passieren können. Wenn sie ihn gelassen hätten.

»Sie haben gesagt, ich soll auf Sie aufpassen. Die Jungs vom Ruderverein. Bis der Arzt kommt. Frieren Sie sehr?«

Maxim fror keinesfalls, obwohl er zitterte, was er erst jetzt bemerkte.

Das Signal des Rettungswagens verstummte, als hätte es allein auf diesen Satz gewartet.

»Da kommt er. Endlich.« Der Mann ließ Maxims Hände los und stand auf, um den herbeieilenden Sanitätern Platz zu machen. »Er ist ansprechbar. Kommen Sie.«

Während Maxim untersucht wurde, hörte er immer wieder den Namen Imke. »Imke ist nicht da.« Er wollte es erklären. Damit die *Jungs*, wie der Mann sie genannt hatte, nicht weiter nach ihr suchten.

»Schon gut. Beruhigen Sie sich. Sie schlafen am besten ein paar Stunden. Ich gebe Ihnen etwas. Danach sieht die Welt bestimmt ganz anders aus.« Die Stimme des Notarztes legte sich über Maxims Gedanken. Wie bei einer Hypnose, dachte er als Letztes.

»Imke? Er fragte nach einer Imke?« Der Arzt, Lennard Mai, sah sich um. Fast alle Blicke der Umstehenden richteten sich zur Leda. »Ist sie da drin?« Er stellte die Frage an den Streifenpolizisten, der aufgeregt Anweisungen gab. »Scheint so. Wie das so ist: Jeder hat was gesehen. Jeder hat was anderes gesehen. Niemand weiß was. Bringen Sie den da ins Krankenhaus? Ich brauche eben schnell seine Papiere.«

*

»Komische Sache. Der Psychologe beschäftigt uns mehr, als mir lieb ist. Ich würde in dem Fall gern unrecht haben.« Ole Freerichs sah sich seine Notizen an. »Hauke, du hast gesagt, da ist nichts dran. Der Überfall im Park war Zufall. Kein Mordversuch? Glaubst du das immer noch?«

Polizeikommissar Hauke Runge grummelte etwas, was nach »Weiß nicht!« klang.

»Mensch Hauke, ich kann nichts dafür, dass es schon wieder einen Tatort gibt.« Ole Freerichs ließ absichtlich etwas weg. Er kannte seinen Kollegen zu gut.

»Möglicher Tatort. Der Kerl ist zu blöd zum Laufen. Siehst du doch. Erst im Park, vielleicht ist er ja bloß unglücklich gestolpert und dadurch gefallen, und nun plumpst er beim Laufen ins Wasser.« Hauke Runge war sauer. Was nicht außergewöhnlich war. Das gehörte zu ihm genau wie die kalte Pfeife in der Hand. Er hatte es seit Jahren satt, anderer Leute Dreck wegzumachen. Und es wurde schlimmer. Für Leute wie ihn, die nichts anderes als ein wenig Ruhe wollten.

»Komm runter, Hauke. Maxim Henndorf ist nicht einfach im Evenburgpark gestürzt. Das weißt du. Du bist ein guter Polizist. Machen wir unseren Job. Fahren wir zu ihm. Die im Krankenhaus haben gesagt, er wollte nicht bleiben. Ich rufe Ubbo an und frage ihn, wo sein Schwiegersohn steckt.«

»Wenn er es selbst gemacht hat? Der sucht seine Imke. Der ist verrückt. Verrückter als seine Patienten!«

»Hauke, ehrlich? Er hat sich selbst eins über den Schädel gegeben? Wie soll das gehen? Und heute Vormittag hat er versucht, sich vor einer Gruppe Touristen das Leben zu nehmen? Damit die ihm dabei zusehen?« Ole Freerichs kannte Hauke Runge schon sehr lange. Eventuell zu lange? Haukes Art war schwierig auszuhalten. An allem fand er etwas auszusetzen und jedes Verbrechen nahm er als persönliche Beleidigung. Zumal er sich der Pensionierung entgegensehnte und alle Fälle, die sich ihm auf dem Weg bis dahin in den Weg stellten, mittlerweile als lästige Störung empfand.

»Ich habe übernächste Woche Urlaub. Bis dahin hätte der wenigstens warten können.« Hauke strich sich über die Bartstoppeln und schob seine Unterlippe vor: »Ich habe genug gesehen. Und ja, ich trau dem alles zu.«

»Ich gönne dir deinen Urlaub. Keine Frage. Ende August in die Türkei, du musst es ja wissen. Ich glaube nicht, dass Maxim Henndorf sich umbringen wollte. Das sieht ganz nach wiederholten Mordversuchen aus.« Er sprang auf, warf dabei den Mülleimer um, bückte sich ächzend und sammelte alles ein, was herausgefallen war. »Ich rufe von unterwegs Ubbo Niersen an. Komm schon.«

Hauke sah stirnrunzelnd auf die Armbanduhr. »Das lohnt sich nicht mehr. In einer Stunde habe ich Feierabend.«

»Komm jetzt. Wenn dem was passiert und du sitzt gemütlich zu Hause vor der Glotze, möchte ich nicht in deiner Haut stecken.«

»Steckst du nicht, keine Angst. Außerdem sitze ich bei dem Wetter nicht vor der Glotze. Mein Garten wartet.«

»Und deine Frau.« Ole Freerichs konnte sich die Bemerkung nicht verkneifen. Tomke Runge hatte ihren Mann im Griff, was Hauke nicht gern zugab. Aber ihm tat es gut. Ole glaubte, ohne Tomke wäre Hauke längst unter die Räder gekommen. Sie hatte wohl kurz mal einen anderen, mehr als Warnschuss gedacht. Wie es schien. Hauke hatte ihm das mal besoffen anvertraut. Ob das stimmte, war eine andere Sache. Sein Kollege jammerte gern mal. Er nahm den Autoschlüssel, der neben einem Stapel Papiere auf seinem Schreibtisch lag, und griff gleichzeitig das Handy.

»Dass der kein Mobiltelefon besitzt, fängt langsam an, hemmend für unsere Ermittlungen zu werden. Es kann nicht sein, erst den Schwiegervater fragen zu müssen, wo sein Schwiegersohn zu finden ist.« Hauke war ebenfalls aufgestanden, aber ohne Hast und dabei weiter vor sich hin schimpfend. »Wie gut, dass Ubbo Niersen kein verrückter Zugezogener ist. Imke und der Psychofritze. Geht gar nicht.«

»Herr Niersen, wir müssen mit Ihnen und Maxim Henndorf sprechen. Wissen Sie, wo er ist? Im Borromäus ist er nicht mehr.« Ole Freerichs stöhnte auf. »Sie wissen gar nichts? Gut. Wir treffen uns bei Ihrem Schwiegersohn. Bis gleich.«

»Siehst du? Da ist was faul, wenn der nicht mal mit Ubbo drüber spricht.«

Ole war versucht, sich an den Kopf zu fassen, riss sich jedoch gerade noch zusammen, denn Hauke war der Ältere und vor Älteren hatte man Respekt zu haben. Zumindest war Ole Derartiges beigebracht worden.

Kapitel 4

»Meinst du, wir können ohne Anmeldung bei ihm auftauchen?« Biggi war unsicher und hielt Helga am Arm fest, die gerade die Tür öffnen wollte.

»Natürlich können wir das. Wir müssen sogar. Wir haben ihn letztens einfach liegen lassen, den Herrn Doktor. Das ist unverzeihlich. Und jetzt das mit dem Unfall am Hafen. Ich komme mir schuldig vor.« Sie schüttelte Biggis Arm ab und drückte resolut den Türgriff hinunter.

»Dass er von Touristen in den Hafen geschubst wird, haben wir nicht zu verantworten. Die benehmen sich manchmal merkwürdig, die Fremden. Einen harmlosen Menschen einfach ins Wasser schmeißen. Vollkommen grundlos. Was ist bloß los mit denen?« Sie hielt sich an das in Leer verbreitete Gerücht, eine Schar Touristen hätte ihm, weil sie sich von dem Jogger gestört gefühlt hatte, absichtlich ein Bein gestellt und damit den Unfall verursacht.

Helga war vollkommen anderer Meinung. Was sie mit einem »So ein Blödsinn!« als Antwort deutlich kundtat. »Es war ein Unfall. Ein unglücklicher Unfall. Hedi war dabei. Sie hat es gesehen.«

»Hedi. Die hat ihren riesigen Hut auf dem Kopf, wenn sie die Leute rumführt. Dann ist sie froh, ihre eigenen Füße sehen zu können. Und wer weiß, vielleicht steckt sie mit den Fremden unter einer Decke. Ich glaube, sie ist bestechlich. Übrigens: Der Hut passt keineswegs zu dem Kleid. Das solltest du ihr mal sagen.« Biggi traute Hedi nicht über den Weg. Immer wusste sie zu allem etwas und sie wusste es besser. Immer.

»Sag es ihr selbst.« Helga wusste um Biggis Abneigung und ahnte Eifersucht dahinter. Schließlich war Hedi einmal mit Helga zur Schule gegangen. In Rhauderfehn. Damals waren sie beste Freundinnen. Gewesen. Und darauf lag die Betonung. Sie hatten sich aus den Augen verloren, nachdem Hedi ihrem Mann nach Borkum gefolgt war. Ein Zufall hatte sie zurückgebracht. Ein anderer Mann. Doch zwischen ihr und Helga war die damalige Vertrautheit verschwunden. Helga war das klar, Hedi nicht ganz und Biggi scheinbar überhaupt nicht. Was Helga allerdings an der ganzen Sache schon merkwürdig fand, war die Tatsache, warum es gerade *ihren* Doktor erwischt hatte. Erst die Sache im Park, jetzt das Abtauchen in die Leda, irgendetwas schmeckte ihr daran gar nicht. Doch Biggi sollte Hedi aus dem Spiel lassen, die war harmloser als ein Grundschulkind. Zwar Flausen im Kopf, die sie dazu brachten, alles Mögliche anzufangen. Sie malte, sie tanzte, sie töpferte, aber alles harmlose Dinge.

Biggi folgte Helga, ohne weitere Antwort, in den kleinen Flur des Kapitänshauses. Es roch angenehm, gar nicht wie in einem hundert Jahre alten Haus. Sie wunderte sich, dass der Doktor in dem schmalen Haus gleichzeitig wohnen und arbeiten sollte. Zumindest hatten sie das den zwei Klingelschildern rechts vor der blauen Haustür entnommen.

Ein großer blauer Pfeil zeigte nach rechts. Darunter stand: »Zur Praxis«. Öffnungszeiten fehlten, was Helga animierte, in die angegebene Richtung zu gehen und die erste Gelegenheit zu nutzen, um sich weiteren Eintritt zu verschaffen. Was bedeutete: Sie klopfte an die nächstbeste Tür, wartete keine Zustimmung ab, sondern stürmte fast hinein. Biggi fasste sich an den Mund, so sehr erschrak sie Helgas ungestümes Vorgehen. Helga war ihre beste Freundin, doch manchmal wurde diese Freundschaft sehr auf die Probe gestellt.

»Helga.« Sie flüsterte, um nicht mögliche sich im Haus befindliche Personen zu stören. »Wir sollten anrufen. Und bitte, sei etwas leiser. Das ist eine Praxis. Für ...« Sie hielt im Satz an. Tja. Ihr kam es respektlos vor, weiterzusprechen. Sie war bisher noch nie bei einem Psychologen oder Psychiater gewesen. Sie kannte nicht einmal den Unterschied. Und für sie hießen die, die so was aufsuchten, umgangssprachlich »Irre«. In ihrer Familie gab es keine Irren, soweit sie wusste. Zumindest keine, die es von einem Arzt attestiert bekommen hatten. Sie sprach weiter: »Also für Kranke. Wir sollten etwas rücksichtsvoller vorgehen.«

Helga hörte gar nicht hin, sondern schloss die Tür schon wieder, was nicht weniger geräuschvoll vonstattenging als zuvor das Öffnen. »Hm, scheint ein Büro zu sein. Mit Computer und so. Aber ohne Liege. Diese Therapien finden ja bekanntlicherweise im Liegen statt.« Sie kannte sich mit diesen Dingen genauso gut aus wie mit Kriminalfällen, denn sie liebte Fernsehfilme. Am liebsten Serien. Dann war es ihr, als würde sie mit Leib und Seele hineinwachsen, und nach mehreren Folgen kannte sie die Figuren besser als wahrscheinlich selbst der Regisseur.

»Was wollen Sie hier? Wer sind Sie? Haben Sie einen Termin?«

Helga und Biggi drehten sich erschrocken um. Eine sehr blondierte auffällige Frau Mitte dreißig, schätzte Helga – während Biggi für sich meinte: eine hübsche Frau, etwas jünger als ich, seriös geschminkt, sportlich –, sah sie ohne Lächeln abwechselnd an. Helga fasste sich zuerst. »Das sind viele Fragen auf einmal. Und wir sind keine Patienten. Wir brauchen keinen Termin. Wir sind Biggi«, dabei zeigte sie neben sich, »und Helga.« Jetzt richtete sich der Daumen gegen ihre eigene Brust. »Wir wollen nach dem Doktor sehen. Ist er da?«

Die blonde Frau hob angestrengt die Augenbrauen. »Er hat einen Patienten. Der Tag ist voller Termine. Ich fürchte, er wird keine Zeit dafür haben.«

»Entschuldigen Sie bitte. Wir hätten uns anmelden sollen.« Biggi versuchte, die spürbare Abneigung dieser Frau ihnen gegenüber mit ihrer vorsichtigen freundlichen Art etwas abzumildern.

Die Brauen blieben bei der Angesprochenen oben, was nichts Gutes bedeutete, als sie fragte: »Meinen Sie, das hätte etwas an der angespannten Terminsituation des Doktors geändert? Und wenn Sie keine Patientinnen sind, haben Sie hier ohnehin nichts verloren.«

Biggi fasste Helga leicht an den Rücken, denn diese atmete hörbar ein und aus, was auf eine lautere Antwort hindeutete.

»Lass mich los, Biggi. Diese Dame weiß nicht, wer wir sind.« Sie bewegte ihren Oberkörper, als handelte es sich nicht um die Finger ihrer Freundin, die sie loswerden wollte, sondern um einen Affen, der sich bei ihr festgekrallt hatte. »Sagen Sie Ihrem Chef, dass wir auf ihn warten. Gibt es einen Garten hinterm Haus oder wenigstens eine Bank irgendwo, auf der wir uns setzen können? Wir haben schließlich einen weiten Weg hinter uns.« Helga versuchte eine neue Taktik, um zum Ziel zu gelangen. »Ich nehme doch an, Sie arbeiten für Maxim? Ist sicher sehr nett, so jemanden wie Sie in seiner Praxis zu haben. Er hat schon von Ihnen erzählt.«

Biggi staunte über die schauspielerische Leistung ihrer besten Freundin. Die nun tat, als wäre Maxim ein Vertrauter von ihnen.

»Von Ihnen hat er nichts erzählt, der Maxim. Übrigens bin ich seine rechte Hand.«

Da diese »rechte Hand« nicht auf Helgas Schauspiel reinfallen wollte, griff Biggi zum letzten Strohhalm, der in diesem Fall die Wahrheit war. »Wir sind die Frauen, die Herrn Doktor am Montag im Park gefunden haben.«

»Ach, warum sagen Sie das nicht gleich? Ich bin Daniela. Wissen Sie was? Ich mache Ihnen einen Tee. Kommen Sie in die Küche. Maxim wird nichts dagegen haben, wenn ich Sie beide in seine Wohnung lasse.« Die Strenge war aus ihrem Gesicht geglitten, die hellen großen Augen leuchteten fröhlich und sie gab beiden die Hand. »Ach, moin erst einmal. Ich freue mich sehr, Sie kennenzulernen. Natürlich habe ich von Ihnen gehört. Ubbo hat es mir erzählt. Ohne Sie wäre Maxim vielleicht nicht mehr am Leben. Ubbo wird sich persönlich bei Ihnen bedanken.« Daniela zeigte ihnen den Weg in die Privaträume. »Sehen Sie, die Wohnküche. Sehr modern. Sehr chic.«

Helga kräuselte leicht die untere Gesichtshälfte. Biggi konnte sich denken, warum. Chic und modern war das keinesfalls. Ein rotes Ostfriesensofa, zwei Ohrensessel und eine Menge Bücherregale standen in dem größeren Teil des Raumes. Inmitten ein gemütlicher runder Tisch, auf dem mehrere Zeitschriften lagen. Rechts von all dem befand sich eine Kochinsel, an der Wand stand ein offenes Regal mit Kochtöpfen und Geschirr. Nun ja, sie empfand das als sehr unpraktisch, offene Schränke bedeuteten viel Staub und offene Bücherregale bedeuteten noch mehr Staub. Sie verkniff sich aus Höflichkeit eine Bemerkung und hoffte, Helga gelang das ebenso.

»Ja, sehr chic. Wobei ich hier nicht putzen möchte.« Helga versuchte es weniger spitz von sich zu geben, sie tat etwas Empathie dazu, eventuell war ja Daniela die Frau, die in diesem Haus auch den Dreck wegmachen musste.

»Maxim liebt Bücher und mag sie nicht hinter Glastüren verstecken. Er meint, Bücher müssen atmen können und man muss sie schnell in die Hand nehmen können, um darin zu blättern oder um einfach über den Einband streifen zu können.«

»Jedem seine Hobbys. Ich sehe gern fern.« Helga sah sich suchend nach einem Fernseher um.

Daniela lachte. »So etwas gibt es nicht bei Maxim. Er verabscheut das Fernsehen.«

»Und er mag keine Mobiltelefone, wie uns die Polizei mitgeteilt hat. Sehr sympathisch.« Biggi griff in die Unterhaltung ein. Sie traute Helga, was bloße Konversation betraf, nicht über den Weg. Ihre Freundin schaffte es mit wenigen Worten, Menschen gegen sich aufzubringen, ohne dass die anderen ihr einen echten Grund dafür geliefert hatten.

»Ja, finde ich auch. Ein feiner Mensch, der Herr Doktor. Ob mit oder ohne Fernseher. Elkeen na sien Möög.«

»Setzen Sie sich. Ich brühe den Tee und hole Maxim. Er ist gleich fertig. Die Nächste kommt in zwanzig Minuten. Mehr Zeit hat er gerade nicht. Sie wissen von dem Unfall an der Leda?«

Biggi und Helga nickten einhellig. »Der Arme. Was der alles durchmacht«, sagte Biggi.

»Weiß man schon genau, wie es passiert ist?«, fragte Helga.

»Maxim spricht nicht darüber und Ubbo macht sich die größten Sorgen. Die Polizei hat mich für den Nachmittag einbestellt. Mag sein, dass ich mehr erfahre.« Daniela goss das heiße Wasser in die Teekanne und deckte den Tisch für drei Personen. »Ich muss weg. Mein Sohn hat gleich Schulschluss. Bei dem, was alles los ist, mag ich ihn nicht allein mit dem Rad fahren lassen. Tschüss dann. Maxim kommt bald.«

Als sie das Zimmer verlassen hatte, setzte Biggi sich bequemer auf das Sofa. »Hättest du gedacht, dass der so ein Sofa hat? Ein Doktor hat doch eher Leder und schwarz.«

»Die im Fernsehen oft. Manche sind aber spleenig, manche normal.« Helga ließ offen, ob sie Maxim Henndorf als spleenig einstufte. »Irgendwie passt das zu dem Mann. Die Bücher, diese sauteure Kochinsel. Ich möchte gar nicht wissen, wie teuer die war. Und er lebt allein. Hm … Warum ist so ein Mann allein? Sicher geschieden. Mehrfach. Der hat kein Handy, damit ihn seine diversen Exfrauen nicht andauernd nerven.« Sie nahm sich eine Zeitschrift, Geo Special. »Sieh mal, ein Vulkan. Der Mann interessiert sich für mehr als den Playboy.«

Sie besprachen die Einrichtung und befanden sie am Ende für ganz ordentlich. Ein wenig ostfriesische Gemütlichkeit verbunden mit einem gewissen wohlhabenden Großstadtflair eben. Wie sie ihn wenigstens annahmen. Helga schenkte Tee ein und nahm etwas von dem Gebäck, das Daniela dazugestellt hatte. »Nicht schlecht. Aus dem Supermarkt, nehme ich an, aber geht.«

»Das freut mich, meine Damen.«

Helga verschluckte sich an einem Krümel und begann zu husten. Das Gesicht färbte sich bedenklich rot. Biggi klopfte ihr auf den Rücken, was nur einen stärkeren Hustenreiz verursachte. Sie hielt ihrer Freundin die Teetasse hin, die sie ihr fast aus der Hand geschlagen hätte.

»Ich wollte Sie nicht erschrecken. Das tut mir leid.« Maxim brachte ein Glas Wasser, wartete, bis das Husten weniger wurde, und reichte Helga das Glas. »Trinken Sie in kleinen Schlucken. Nicht, dass wieder etwas in die falsche Kehle gerät.«

Tatsächlich war der Hustenreiz bald ganz verschwunden, sodass Helga sich bedanken konnte und Maxim eine Tasse Tee einschenkte. »Sahne, Kluntje?«

»Ich muss gestehen: Tee ja, doch komplett integriert bin ich nicht. Ich mag den Tee ohne alles, danke. Nehmen Sie sich gern eine weitere Tasse.« Er war freundlich zu ihnen, obwohl Biggi ihm ansah, dass ihn der Besuch verwunderte. Was er versuchte zum Ausdruck zu bringen, ohne unhöflich zu wirken. »Ich freue mich, Sie zu sehen. Ich wollte mich sowieso die Tage bei der Polizei nach Ihren Namen erkundigen und mich bei Ihnen melden. Aber heute passt es ganz schlecht. Bis zum Abend habe ich Patienten.«

»Ach, das macht nichts, Herr Doktor. Hier ist ein Zettel mit unseren Daten. Oben, das bin ich. Unten, das ist Biggi. Sie können sich jederzeit bei uns melden. Wir würden uns sehr freuen. Und wir würden gern mehr über alles erfahren. Wie sieht es nächsten Mittwoch aus? Nach Feierabend? Wissen Sie, ich arbeite im Kaufhaus an der Ecke bei der Commerzbank. Zwanzig Stunden die Woche. Wenn Sie mal was Neues zum Anziehen brauchen, ich bekomme Prozente.«

Er nickte, als würde er demnächst unbedingt vorbeikommen. »Das klingt wunderbar. Wenn ich eine neue Hose brauche, melde ich mich bei Ihnen.«

»Das können Sie gern. Biggi backt Torten für das Melkhuske am Deich. Ich sag Ihnen, Biggis Torten sind die reinste Wucht.«

»Hör auf. Das interessiert den Doktor kaum. Er sieht nicht aus, als würde er Torten essen.« Biggi war das auf der einen Seite peinlich, auf der anderen freute sie sich über Helgas Lob. Und sie betete im Stillen, dass der Doktor Torten mochte.

»Bekleidung und Torten. Dann bin ich ja in nächster Zukunft komplett versorgt. Was braucht ein Mann mehr.« Er erhob sich. »Meine Damen. Ich danke für Ihren Besuch. Leider geht es in zwei Minuten bei mir weiter. Ich komme auf Ihre Angebote zurück.« Er blieb freundlich wie bei seinem Eintritt und ließ sich nicht anmerken, dass ihm Torten und neue Hosen absolut egal waren.

Biggi machte Anstalten, den Tisch abzuräumen, was er ablehnte: »Das erledige ich später, Sie müssen jetzt gehen, meine Patientin wartet bereits.« Er brachte sie bis zum Eingang, schob sie fast hinaus und drehte sich erleichtert um.

»Mittwoch dann, gegen achtzehn Uhr? Passt es, ja? Wie schön.« Helga lächelte Maxim an und ließ ihm keine Chance, abzulehnen, denn sie schloss die Tür.

»Wir bringen Torte mit«, rief Biggi etwas zu laut, damit er es auch ja hören konnte, und schob ihren Arm in den ihrer Freundin.

Zufrieden spazierten sie durch die Altstadt in Richtung Fußgängerzone und freuten sich auf einen Aperol Spritz im »Schöne Aussichten« und auf das Mittagsmenü.

*

Maxim strengte sich an, um seiner Patientin gerecht zu werden. Sie hatte eine Drogenkarriere hinter sich, Gewalt und andere Katastrophen erlebt und war bereit, sich allem zu stellen und den eingeschlagenen Weg in das neue Leben zu nehmen. Dazu brauchte sie einen Therapeuten, der sich voll und ganz ihrer Problematik widmete, keinen, der sich schon vom Besuch zweier aufdringlicher Damen aus dem Konzept bringen ließ. Als die Stunde herum war, spürte er wieder den leichten Ärger über diese zwei Frauen. Mit welcher Selbstverständlichkeit sie in seiner geliebten Küche gesessen und wie sie ihn reingelegt hatten. Wie einen dummen Jungen. Das brachte ihm ein Grinsen ins Gesicht. Dumm waren die nicht. Vielleicht etwas einfacher Natur, doch nicht dumm. Im Gegenteil: Sie wussten, was sie wollten. Die eine schüchtern, die andere das Gegenteil. Und dabei wie abgestimmt. Ein seltsames Duo. Er nahm den Zettel, den diese Helga ihm zugesteckt hatte. Wenigstens standen Telefonnummern darauf. Er würde anrufen und die Verabredung absagen. Er brauchte keinen Kaffeeklatsch mit neugierigen Frauen. Sie hatten ihn gefunden, okay. Ob er ihnen dafür dankbar sein musste, war unklar. Denn er hing nicht sehr an seinem Leben und schließlich hatten die beiden gemeint, er wäre längst tot. Eigentlich hatten sie seine Leiche gefunden. Sie hatten bestimmt einen großen Schock erlitten. Das hatte er bisher nicht bedacht. Sie brauchten das Treffen und das Reden mit ihm, um die *Leiche* aus dem Kopf zu bekommen, die am Montagmorgen in aller Herrgottsfrühe plötzlich vor ihren Füßen lag. Wenn sie Hilfe brauchten, sollte er für sie da sein. Nicht aus Dankbarkeit, sondern weil es sein vermeintlich toter Körper war, der ihnen die Albträume, wenn sie welche hatten und davon ging er aus, brachte. Er sah auf die Uhr. Zehn Minuten Zeit für einen Apfel oder etwas Ähnliches. Er hatte Appetit auf etwas anderes, etwas Herzhaftes. Das musste warten. Er war am Abend bei Ubbo zum Essen eingeladen wie an jedem Freitag. Sein Schwiegervater und die Tortentante würden sich gut verstehen. Imkes Vater kochte und aß gern. Auch alles, was süß war, gehörte dazu. Maxim freute sich auf das bestimmt üppige Mahl. Je mehr er daran dachte, umso hungriger wurde er. Sein Magen knurrte. Er biss in den Apfel und kaute schnell. Ubbo muss am Mittwoch dabei sein, dachte er, als Alfred Ekken kam, der seine Arbeit verloren hatte und seitdem mehr und mehr den Boden unter den Füßen verlor.

Kapitel 5

Der Mann mit den grauen Haaren und dem Schnauzbart sah sich im Spiegel an. Kritisch und mit sich hadernd führte er wie so oft in den letzten Monaten Selbstgespräche.

»Der Kerl hat es verdient zu sterben. Jeden Tag mehr. Er ist ein Schweinehund. Ein reicher, eingebildeter Sack. Er darf nicht länger Menschen in die Irre führen. Mit seinem Pseudowissen. Er, der selbst ernannte Papst, der Möchtegernguru der Verlorenen, muss sein Ende finden.«

Der Mann strich sich über die Augen. »Niemand hat das Recht, andere ins Unglück zu stürzen. Niemand. Was glaubt der eigentlich, wie lange er sein Spiel treiben darf? Der Tag rückt näher. Selbst wenn er sieben Leben wie eine Katze hat, ist das Spiel bald vorbei. Und das Spiel spiele ich nach meinen Regeln. Ich bin nicht gewillt, darauf zu warten, bis er von allein den Hut nimmt und seiner Wege geht. Und selbst wenn er es täte, was wäre damit getan? Er würde anderswo weitermachen. Und genau wie hier würde dort niemand kontrollieren, mit welchen Mitteln er in seinen Psychokammern die Hilfesuchenden erst krank und dann von ihm abhängig macht. Nein!«

Der Mann ballte die Faust, während seine Tränen über sein braun gebranntes, zerfurchtes Gesicht liefen.

»Wo steckst du jetzt? Verkriechst du dich in deinem Loch? Tja, das wäre mir sehr recht. Wie eine Ratte in einer Falle will ich dich haben. Und dich quälen. So lange, bis du bereust und um Gnade bettelst.«

Der Mann wischte mit seiner linken Faust langsam die Tränen weg. »Du sollst weinen, wie ich geweint habe. Und du sollst winseln wie ein Hund. Ich habe nicht gewinselt. Ich habe es im Guten versucht. Immer wieder. Jeden Tag aufs Neue. Bis es zu spät war. Ich hätte dich vorher stoppen sollen. Ich habe es zu spät begriffen. Du bist ein Schwein. Du bist schlimmer als ein Schwein. Ich muss mich berichtigen: Du bist nicht mal wert, in einem Schweinestall zu hausen. Nicht mal als Schweinefutter taugst du.«

Der Mann redete immer schneller und wenn er ausatmete, spuckte er gleichzeitig mit den Worten Flüssigkeit aus. »Es ist gleich Abend. Ich komme gleich bei dir vorbei. Du sollst mich fühlen. Du sollst mich in deinem dreckigen Nacken spüren. Du sollst wissen, dass ich dir auf den Fersen bin und erst Ruhe gebe, wenn du deinen letzten Atemzug von dir gegeben hast.«

Der Mann wusch sich Hände und Gesicht, tupfte etwas Creme um die vom Weinen angeschwollenen Lider und verließ das große Badezimmer. Im Schlafzimmer nahm er sich ein frisches Hemd aus dem begehbaren Kleiderschrank und zog es über das weiße Unterhemd. Er stopfte es in die Hose, überprüfte Reißverschluss und Gürtel, streifte die bequemen sportlichen Schuhe über und trank in der Küche einen großen Schluck Leitungswasser. Er war bereit. Die Falle würde irgendwann funktionieren. Der Mann war sich gewiss, bald seine Ruhe zu finden. Er schloss die riesige Haustür ab, bevor er das Elektrorad aus der gewaltigen Doppelgarage schob. Auf den wenigen Kilometern bis zur Innenstadt, seinem gewohnten Weg folgend, begegnete er Menschen, die er grüßte und von denen er freundlich zurückgegrüßt wurde. Der Mann war schließlich gut erzogen und freute sich der ostfriesischen Sitte, im ländlichen Raum jeden mit einem »Moin« zu begrüßen. Einen schönen Tag wünschen sollte man jedem, dachte er. Und es ernst meinen. Einem Menschen in der Stadt wünschte er sämtliche Plagen der Weltgeschichte an den Hals. Gerade deshalb war er einer der Guten. Davon war er überzeugt. Er hatte sein Leben lang für seine Familie gesorgt. Hatte brav gearbeitet, Steuern bezahlt, hatte nie betrogen. Er war ein angesehener Bürger. Dass es so weit kommen musste, lag an den mangelnden Gesetzen. Es gab keine gegen solche Scharlatane. Er hatte sich erkundigt. Er war zu einem Anwalt gegangen. Nichts war auf rechtlichem Wege zu erreichen. Wen wunderte es, wenn er selbst etwas unternahm? Er stöhnte auf, nicht, weil ihn die Fahrt anstrengte, sondern aus Verzweiflung. Denn das war er: verzweifelt.

Er fuhr bis zum Rathaus und stieg vom Rad ab, um es am Restaurant Zur Waage in der Neuen Straße abzustellen. Als er es sorgsam abgeschlossen hatte, ging er durch die Rathausstraße bis in die Brunnenstraße. Es sollte aussehen wie ein harmloser Spaziergang, den alte wohlhabende Leute, wie der Mann einer war, wiederkehrend auf den gleichen Strecken täglich unternahmen. Es war, obwohl es Sommer war und ein früher Freitagabend, schon ruhig auf den Straßen der Altstadt. Er erinnerte sich an vergangene Spaziergänge, an denen er nicht einsam war. Als all das längst begonnen hatte, von dem er damals nichts wusste. Von dem er nichts wissen konnte. Er schalt sich innerlich einen blinden Narren. Einen, der geschickt hinters Licht geführt worden war. Dem eine Harmonie vorgegaukelt wurde, die längst vorbei war. In knapp einer Minute konnte der Mann vor der kleinen Gasse stehen, die zu dem Irrenhaus führte. Der einzige Weg dorthin. Er hatte sich einen günstigen Ort ausgesucht. Für seinen Spähposten. Griechisches Essen war nicht seine Welt. Doch in der Not frisst der Teufel bekanntlich Fliegen. Und das Wetter ließ es zu, dass er einen Platz an der Straße suchen konnte. Alles im Blick, war sein Motto geworden. Er hatte zu lange den Blick auf das Wesentliche verloren, das würde ihm kein zweites Mal passieren. Ein Glas alkoholfreies Bier löschte den Durst, den er durch die Fahrt inmitten des Hochsommers bekommen hatte. Die Bedienung lächelte den Mann an, als sie das zweite Bier brachte. Er warf einen Blick in die Speisekarte. Etwas Leichtes zog er in Erwägung und hob schon die Hand, als sein Augenmerk wenige Meter vor ihm auf ein Auto gelenkt wurde. Er legte die Karte beiseite und hob den Finger. Essen eben später, nach getaner Arbeit und dann mit großem Appetit. Den schwarzen Volvo kannte er. Und es bedeutete, dass das Irrenhaus länger verwaist sein würde. Er hatte ein gutes Gefühl. Es gab Unmengen Mittel und Wege, um zum Ziel zu gelangen. Mord war keinesfalls schwierig. Mord war lediglich eine Frage der Logistik. Und damit kannte der Mann sich bestens aus.

Kapitel 6

»Hauke hat gesagt, es waren wahrscheinlich keine Unfälle. Er spricht von möglichen Mordversuchen.« Ubbo übertrieb ein wenig. Hauke hielt sich eher zurück und meinte im Grunde, Zufälle hätten es auf Maxim abgesehen.

Der schnitt vom Steak ab, steckte den Bissen in den Mund und schwieg.

»Du weißt, wer Hauke ist. Der Sohn war mal in meiner Klasse. Der Oberkommissar.« Ubbo sah seinen Schwiegersohn durchdringend an. »Wenn die meinen, das waren keine Unfälle, können wir davon ausgehen, dass es stimmt.«

Maxim schwieg weiter, nahm sich eine zweite kleine Folienkartoffel und tat so, als wenn er vor lauter Hunger keine Zeit hätte zu antworten.

»Junge, es freut mich ja, wenn du mein Essen magst, aber wir sollten uns dringend unterhalten. Sagst du nicht selbst zu deinen Patienten, sie sollten nicht alles in sich reinfressen?«

So hatte Maxim das gewiss noch nie ausgedrückt und er empfand langsam Mitleid mit Ubbo, der sich große Mühe gab, ein Gespräch in Gang zu bringen. Eines, das ihm, Ubbo, wichtig war. Maxim wollte weder über den Park noch über den Sprung ins Wasser sprechen. Es reichte schon, dass ihn alle Welt in der Stadt ständig darauf ansprach und auch seine Patienten mehr als neugierig geworden waren. Er hatte beschlossen, seinen Schwiegervater zu bitten, ihn davor weitestgehend zu schützen. Also er sollte das weniger wichtig nehmen und dies auch allen Bekannten vermitteln. »Ubbo, lass uns essen. Einen schönen Abend genießen. Es ist wunderbar bei dir draußen. Imke hat den Blick in die scheinbar unendliche Weite geliebt. Und ich liebe alles, was sie geliebt hat.«

Ubbo nutzte den letzten Satz: »Sie hat mich geliebt. Das weißt du. Was bedeutet, du liebst mich. Und umgedreht ist es nicht anders. Du musst verstehen, wie groß meine Sorge um dich nach dieser Woche ist. Hauke meint, du solltest mal einen Kollegen von dir aufsuchen.«

»Ach, lass das. Dieser Hauke hat keine Ahnung. Nicht mal von seinem Job. Mordversuche … Gut, am Montag hat mich jemand angegriffen. Ich habe mir schwerlich selbst mit einem stumpfen Gegenstand …«, er sprach besonders langsam, damit jedes Wort bei Ubbo ankam, »eine über den Schädel gezogen, ach nein, zwei waren es. Also zwei Schläge.« Er lachte böse. »Aber Mordversuch?« Ein weiteres böses Lachen. »Ich war zufällig dort, als jemand was klauen wollte. Ich wurde zufällig Opfer eines Raubüberfalls. Bei mir gab es nichts zu holen und fertig. Du weißt, ich nehme zum Laufen keine Wertsachen mit. Der oder die haben sich das falsche Opfer ausgesucht. Mittwoch bin ich gestolpert und am Hafen in die Leda gefallen. Dumm von mir. Ich hätte nicht so nah an der Leda laufen sollen. Den Schreck hätten wir uns sparen können.« Er steckte eine der kleinen Kartoffeln in den Mund und aß weiter. Er hatte keine Lust, weiter darüber zu sprechen. Und erst recht nicht darüber, welche verstärkten Gedanken er seitdem hatte. *Montag hätte der ruhig kräftiger zuschlagen sollen* und *Warum haben die mich Mittwoch rausgezogen* und *Ich hätte es fast hinter mich gebracht.* »Müssen Verbrechensopfer, die so wie ich am Montag viel Glück hatten, gleich eine Therapie machen? Ich als Therapeut würde empfehlen, sich eine Weile zu beobachten, ob sich Ängste und merkwürdige Gewohnheiten auf längere Zeit einnisten. Wenn ja, ist eine Therapie ratsam. Wenn nein, dann nicht, denn der Mensch ist ein Stehaufmännchen und durch das Vergessen, was uns gegeben ist, erledigen sich solche Dinge oft von selbst.«

»Maxim. Montag, ja, da magst du recht haben. Hauke meinte wohl eher den Unfall vorgestern. Und Hauke mag keine Verbrechen. Er verabscheut sie, je älter er wird, immer mehr. Er empfindet sie geradezu als lästig. Ungünstig für einen Kriminalbeamten.« Ubbo setzte sein breites, fröhliches Lächeln auf. »Wichtig ist, dass du am Leben bist.« Und es auch bleibst, hätte er gern gesagt. Was er sich jedoch verbat, weil er fürchtete, Maxim auf gefährliche Gedanken zu bringen, falls er sie wider Erwarten nicht schon hatte. »Du bist am Mittwoch fast ertrunken. Was sagt der Therapeut dazu? Ist das keine Therapie wert?« Er ahnte bereits die Antwort und winkte ab. »Spare dir deine Ausflüchte. Du bist kein objektiver Therapeut und aus dem Grund bitte ich dich inständig, einen guten Kollegen aufzusuchen. Ich kenne einen aus meiner Berufszeit. Der hat regelmäßig Vorträge an meiner Schule gehalten. Ich kann dich ihm ganz unverbindlich einmal vorstellen.«

»Ubbo, lass das. Es ist mein Leben. Ich bin kein kleiner Junge. Ich bin erwachsen. Ich bin selbst Therapeut und weiß, wann jemand therapiebedürftig ist. Wenn du mich fragen würdest, ob ein Ubbo Niersen an besonderen Symptomen leidet, fielen mir gleich mehrere ein. Willst du sie hören? Nein?« Maxim wurde wütend. Ubbo hatte bereits den Kontakt zu dem anderen Psychologen aufgenommen. Er kannte Ubbo zu gut. »Sag dem aus deiner alten Zeit, er soll seine Rente genießen oder, wenn ihm langweilig ist, mit dir ein paar Sitzungen machen. Das wäre für euch beide ein großer Spaß.« Er schob den noch halb vollen Teller von sich. »Danke. Das Essen war gut. Die Unterhaltung weniger.«

Ubbo verstand Maxims Wut und konnte damit umgehen. »Beruhige dich. Ich habe einen guten Grappa. Mitgebracht vom letzten Italienurlaub. Und danach eine gute Zigarre.« Er achtete nicht auf die abweisenden Bewegungen seines Schwiegersohnes, sondern stand auf und holte die Flasche aus der gläsernen Bar. Die Gläser standen bereits auf dem Tisch. Er schenkte ein. »Sieh mal: Du bist meine Familie. Das mag schwer für dich sein. Manchmal. Vor allem, wenn ich mir Sorgen mache deinetwegen. Imke hat dich ausgewählt, ihr Mann zu sein. Von dem Tag waren auch wir miteinander verwoben. Und ich wünschte mir, du lässt es wieder mehr zu. Und jetzt genug. Du weißt, ich hasse solche Beichten, und ich bin zu sehr Ostfriese, als dass ich ständig über Gefühle und sonst was reden wollte. Ich sage auch nicht lapidar: Reiß dich zusammen! Nein. Ich sage, du und ich, wir finden eine Lösung.

Prost!« Er stieß mit seinem Glas an Maxims und trank den teuren Tropfen mit einem Schluck hinunter. »Und wie ist er?«

Maxim trank langsamer, die anfängliche Schärfe im Rachen verflog innerhalb weniger Sekunden, zurück blieb eine wunderbare Milde, die sich in seinem Innern ausbreitete. »Ist gut der Tropfen. Deine Italienreise hat sich allein deshalb gelohnt.«

»Wir können im Herbst zusammen fahren. Ich überlege, mir dort ein Stückchen Land zu kaufen. Ich bräuchte einen Berater. Einen, der nicht so verknöchert ist wie ich.«

Maxim freute sich über das Einlenken von Ubbo und das Überschwenken in ein unverfängliches Thema. »Du willst Komplimente bekommen, ich weiß. Darauf lasse ich mich nicht ein. Du weißt, was ich von dir halte. Sonst säße ich kaum jede Woche bei dir herum. Meine Zeit ist wertvoll. Du weißt …«

Ubbo lachte. »Ich weiß. Was kostet eine Stunde bei dir?«

»Ich habe nicht nur Privatpatienten. Ich dachte eher an die wertvolle Freizeit, die ich in deinem Beisein vergeude.« Er wollte nicht zu flachsig klingen, was er nicht schaffte. Er war erleichtert, über andere Dinge zu sprechen. »Urlaub in Italien. Mit dir.«

»Und dem Grappa.« Ubbo schenkte ein weiteres Glas voll. »Op een Been kann'n nich stahn. Prost!«

»Willst du hier weg? Ganz weg? Oder was soll das mit dem Landkauf?«

»Ich weiß nicht. Vielleicht sollte ich noch mal was Neues anfangen. Aber nein, ich kann gar nicht ohne mein Ostfriesland.« Und ohne meine Familie, dachte er. Wenn du es ernst meinst, Junge, mit deinen komischen Unfällen, dann bin ich bald allein.

»Ach Ubbo. Ein Neuanfang ist nicht die schlechteste Wahl, die ein Mann treffen kann.« Maxim nahm das Glas und trank wie zuvor Ubbo den Grappa aus. Wenn es so weiterging, müsste er sich ein Taxi rufen. Der Gedanke gefiel ihm.

Ubbo hielt die Flasche hoch: »Noch einen? Lass uns das Schachspiel rausholen. Der Abend ist jung, die Nacht lang und der Keller gut gefüllt. Zwei gut aussehende Männer wie wir können sich mal anständig amüsieren. Eine Matratze finden wir schon für dich irgendwo hinter der Bar.«

Maxim schien es, als wäre wichtig, wenn er bliebe. Er hatte seit Imkes Tod, ach nein, seitdem Imke und er das Haus in der Altstadt von Ubbo gemietet hatten, nicht mehr in dem großen Feenhaus übernachtet. Er fürchtete, er müsste in Imkes Zimmer schlafen, und das brachte ihn zurück in ihre Anfangszeit, als er noch gependelt war und die Wochenenden frisch verliebt in Leer am Rande der Stadt verbracht hatte. Er fürchtete zwei Sachen gleichzeitig: Das Zimmer könnte absolut unverändert sein und sogar nach Imke riechen oder Ubbo hatte ein Gästezimmer daraus gemacht, fremd und unpersönlich und ohne jede Spur von Imke. »Matratze? Fahren in der aufregendsten Stadt Ostfrieslands keine Taxis mehr?«

»Stell dich nicht so an. Notfalls schläfst du neben der Sauna im Badebottich, wenn es dir im Haus zu ungemütlich ist. Wir finden was.«

Sie räumten den Tisch ab, ließen, wie es sich für richtige Männer gehörte, was Ubbo andauernd betonte, das schmutzige Geschirr einfach neben der Spüle stehen und bauten die Schachfiguren auf dem Rauchtisch unter dem Sternenhimmel draußen auf. Es war später, als Maxim vermutet hatte. Längst nach zweiundzwanzig Uhr.

»Na, Junge, ich glaube, du bist eingerostet.« Ubbo roch genüsslich an dem Rauch der Zigarre, während Maxim zum Himmel schaute. »Du bist dran. Oder suchst du in den Sternen nach dem nächsten Zug? Wenn du nicht aufpasst, setze ich dich schachmatt. Dann musst du einen ausgeben.«

»Die Sterne wissen mehr als wir und mehr als alle anderen Menschen zusammen.« Maxims Zunge bewegte sich etwas schwer. »Und ausgeben? Gern, sofort. Gut, dass du mir ein paar Flaschen geschenkt hast, sonst würde ich meinen Wetteinsatz schullig bleiben. Müssen.« Er schwieg kurz, wiederholte dann: »Schullig.« Das klang wie schrullig. Was er witzig fand. »Hörst du? Du bist Lehrer. Was sagst du zu der schwerern deusn Sprache?«

Wenn Ubbo nüchterner gewesen wäre, hätte er sich über das alberne Lachen von Maxim sicher gewundert und auch über die merkwürdige Aussprache. Stattdessen sagte er: »Recht so. Spielschulden sind Ehrenschulden. Wir sind schließlich Ehrenmänner, oder?« Seine Aussprache war um einiges deutlicher, ihm war kaum anzuhören, dass sie bei der zweiten Grappaflasche angekommen waren. Allerdings wog er auch deutlich mehr als Maxim und vertrug um einiges mehr als dieser.

»Sicher.« Maxim versuchte, seine Zunge aus dem Weg zu nehmen. »Ehrensache!« Er betonte die Vokale und sprach ziemlich laut. »Falls das nicht reicht, musst du mir mehr von dem Zeug schenken. Ubbo! Ich glaube, ich muss mal.« Er stand auf, gerade und schnell, ein wenig zu schnell und wäre fast wieder zurückgefallen. Er hielt sich an der Lehne fest, weswegen der Stuhl bedenklich kippte. Mit Schwung bewegte er sich zur Hecke, nicht weil er das Freilufturinieren bevorzugte, im Gegenteil, nüchtern wäre er niemals auf diese Idee gekommen, sondern weil er Angst hatte, die Stufen von der Terrasse ins Haus zu verfehlen. Als er seine Hose öffnete, fiel ihm sein Vater ein, der immer Unterhosen mit Schlitz getragen hatte. Früher jedenfalls. Er hatte ihn seit Jahren nicht mehr in Unterhosen gesehen. Er lachte wieder laut und versuchte beim Pinkeln, nicht seine Schuhe zu treffen. Das stellte sich als unmöglich heraus und auf dem Rückweg zur Terrasse machte er eine Pause, setzte sich auf den Rand des Badebottichs, zog die Schuhe aus und tauchte sie in das kalte Wasser.

»Was wird das? Badezeit?« Ubbo zog ebenso die Schuhe, allerdings samt Strümpfen, aus, setzte sich neben ihn und schaukelte mit nackten Füßen kleine Wellen über Maxims Schuhe. »Ich würde ja sagen, wir gehen in die Sauna. Aber ich glaube, dafür sind wir zu betrunken.«

»Machen wir nächste Woche. Bestimmt. Erst Sauna, dann essen, dann saufen, dann baden.« Maxim mühte sich, so verständlich wie möglich zu reden, damit Ubbo ihn verstehen konnte. Er selbst hörte jedes Wort überdeutlich. »Verstehst du?«

Ubbo verstand bestimmt, denn er nickte zufrieden.

»Ich muss los. Sag, hast du einen Schlitz in der Unterhose? Mein Vater ja. Immer. Ohne Schlitz geht nix. Übrigens kommen Mittwoch zwei Frauen. Ja! Gleich zwei. Du kommst auch. Allein schaffe ich die nicht. Die Weibsbilder. Wir sind echte Männer.« Das war der letzte Satz von Maxim, bevor er seinen Kopf auf Ubbos Schulter legte und einschlief.

»Junge, wie krieg ich dich ins Bett?« Das Unterfangen bereitete Ubbo einige Schwierigkeiten. Maxim wog wenigstens fünfundachtzig Kilogramm und half kein bisschen mit bei dem Transport. Ubbo war ein kräftiger Mann, keine Frage, trotzdem war er kein junger Hüpfer mehr und sein Rücken machte ihm momentan Probleme. Er zerrte Maxim über die Wiese, schleppte ihn über die Terrasse und warf ihn auf das Sofa. Fürsorglich zog er ihm die nassen Socken aus, legte eine Decke über den schnarchenden Psychologen und sagte: »Bist ein Guter. Bis morgen.«

Er setzte sich neben den Schlafenden auf einen Sessel, löschte das Licht und dachte über den Abend nach. Das hätten sie längst machen sollen. Sich besaufen. Sinnlos. Und lachen. Und albern sein. Imke war ihnen genommen worden. Das lag so viele Monate, ja Jahre zurück. Er erinnerte sich genau an den Anruf. Sie hatte die Operation nicht überlebt. Kein schwerer Eingriff. Weder Imke oder Maxim noch er hatten einen einzigen Gedanken daran verschwendet, dass etwas schiefgehen konnte. Sie waren glücklich und unbesorgt. Etwas mit einer Narkoseunverträglichkeit, hieß es später. Die Verzweiflung, die Ohnmacht, das Wissen, die Welt war von einem Tag auf den anderen eine andere. Eine ohne Imke. Ein junger Mensch war gestorben, vollkommen unsinnig war dieser Tod. Maxim bewegte sich von einer Seite auf die andere.

Er gab Laute von sich, die Ubbo nicht verstand. Träumte er in dem Moment von Imke, so wie er gerade an Imke dachte? Und an Maria, Imkes Mutter. Die zum Glück nicht am Grab der eigenen Tochter stehen musste. Die eine Krankheit zuvor niedergerafft hatte und deren Sterben für sie selbst eine Erlösung gewesen war. Ubbo war ohne Maria und Imke ein anderer geworden. Und er versuchte trotz des eigenen Schmerzes, für Maxim da zu sein. Seit dem Tag im November. Als es regnete und nicht hell werden wollte. Viele Monate nicht mehr. Er beschloss, einen Rundgang um das Haus zu machen. Die Katze war draußen im Hof. Er hörte sie. Das Vieh hat's gut, dachte er. Sie geht jagen, frisst und schläft. Sie sorgt sich nicht, sie trauert nicht. Zumindest hatte er das bei ihr noch nie bemerkt. Ubbo sah wie zuvor Maxim zum klaren Sternenhimmel. Der Mond war fast kreisrund und strahlte hell. Bei Verlust hilft Glaube, hatte ihm seine Schwester an Marias Grab gesagt. Ich habe an unsere Liebe geglaubt. Das war das Größte. Mehr Glaube geht nicht, war seine Antwort gewesen. Ubbo nahm eine Taschenlampe vom Sims vor der Tür und schlug einen weiten Bogen über seine Wiesen. Marias Blumenwiesen. Sie war bei ihm und würde es immer bleiben.

Als er nach einer guten Stunde zurückkam und nach Maxim sehen wollte, war der verschwunden. Das Auto stand noch immer an der Stelle, an der Maxim die Stunden vorher geparkt hatte. Ubbo suchte das gesamte Haus ab. Vergebens. Er verfluchte wieder einmal seinen Schwiegersohn, der weder ein Handy besaß noch so vernünftig gewesen war, ihm wenigstens eine Nachricht zu hinterlassen. Sollte er ihm nachfahren? Sicher war er auf dem Weg nach Hause. Er schnappte sich draußen sein Fahrrad und fuhr los. Entweder war Maxim zu Fuß unterwegs oder er hatte sich ein Taxi genommen. Ubbo schlug verärgert auf den Lenker. Dass er darauf nicht gleich gekommen war. In der Diele griff er zum Telefon und sah sich die zuletzt gewählten Nummern an. Er drückte die letzte erneut und wartete auf die Stimme in der Zentrale. Er kannte das Unternehmen bereits viele Jahre und brauchte nicht lange zu warten, um die gewünschte Auskunft zu bekommen. Maxim hatte sich nach Hause fahren lassen. Auch gut. Jetzt konnte er selbst schlafen gehen. Dem Jungen war nichts geschehen.

Kapitel 7

Der Typ ist angetrunken. Nein, der ist richtiggehend besoffen. Wie der sich aus dem Wagen quält. Ach, wie schade, dass er nicht seinen noblen Volvo genommen hat. Das wäre was. So einer besoffen am Steuer. Auf frischer Tat. Oh ja. Und dann gleich in die Zeitung damit. Als Auftakt zu einer Reihe, die ihn mit jedem Artikel weiter entlarven würde. Bis er alles verlieren würde, was irdischen Besitz ausmachte. Zudem sein Ansehen und seine Anhängerschaft. Und am Ende sein Leben, das andere Leben nie geschont hat. Leider hat das Schwein verzichtet, selbst zu fahren. Trotzdem sollte es funktionieren. Er war lange genug weg gewesen. Diese Imke hat ihre Pflicht und Schuldigkeit getan. Sie hat ihre Aufgaben mit Bravour gemeistert. Er bekommt die Tür nicht aufgeschlossen. Soll ich ihm helfen? Hätte ich warten sollen, um ihm von innen zu öffnen? Nein, zu früh. Ein paar Tage möchte ich das Schauspiel genießen. Die Imke, seine Frau, ob er die genauso auf dem Gewissen hat? War sie ihm hörig wie alle anderen? Ich tue der Welt einen großen Gefallen. Ich bereite alles vor.

Mein Fahrrad steht unten am Hafen. Nicht weit entfernt von der Stelle, an der das Schwein reingekippt ist. Wie ein Sack ist er gefallen. Und wie ein Sack, der mit einem Stein befestigt ist, taucht der fast nicht mehr auf. Ein Glück, dass neben mir noch ein paar andere in diesen dämlichen Fluss gesprungen sind. Ich wollte nicht auffallen. Und Feuerwehrleute, die zu häufig löschen, legen in der Regel selbst das Feuer. Man darf mich nirgends mehr sehen. Nicht mit solchen Aktionen. Ein paar Späße, bevor es richtig ernst wird, gönne ich mir. Er hatte jahrelang seinen Spaß. Auf meine Kosten. Hoffentlich hat kein Idiot mein Rad geklaut, dachte er, als er zufrieden grinsend den Arm hob. »Tschüss, du Scheiße. Wir sehen uns. Aber zuerst siehst du ganz andere Dinge.«

Das Rad stand an der Stelle, an der er es Stunden zuvor abgestellt hatte. Der Mann löste das Sicherheitsschloss und setzte sich auf den Sattel. Er fuhr langsam den Weg zurück nach Hause und genoss die laue Sommernacht sehr. Mit dem Jagen nach dem Schwein, das an allem schuld war, kehrte mehr und mehr seine Lebensfreude zurück. Er hob die Nase und sah den Himmel an, der voller Sterne war. Und der Mond machte einen zufriedenen Eindruck, wie er so kräftig und fast kugelrund Licht gab. Dass er das Gleiche anschaute wie an einer anderen Stelle in der Stadt der Schwiegervater seines Feindes, ahnte der Mann nicht. Und selbst wenn, hätte es kaum etwas an seinem Vorhaben geändert. Den Plan hatte er entwickelt im Laufe von mehreren Wochen. Nach der Nacht, die er nicht vergessen konnte. Die der Ursprung war zu allem, was jetzt geschehen würde. Das war eine der schwarzen Nächte gewesen, die es allzu häufig gab. Kein Stern leuchtete am Himmel, der Mond war eine unscheinbare Sichel. Aber die absolute Schwärze setzte ein, als alles ganz plötzlich still wurde. Als wenn jemand den Stecker gezogen hätte. Kein Wind wehte, kein Vogel sang, selbst die Streunerkatzen gaben keinen Laut von sich. Der Schmerz, den der Mann in der Nacht verspürt hatte, war ihm geblieben. Und damit die Verzweiflung.

Kapitel 8

Maxim wachte mit einem unbändigen Durst auf. Sein Mund war dermaßen ausgetrocknet und sein Hals nicht weniger. Er war froh, zu Hause zu sein. Im eigenen Bett. Wenn Ubbo ihn in dem Zustand gesehen hätte, hätte er sich richtiggehend geschämt. Oder war Ubbo mitgekommen und lag auf der Liege im Gästezimmer? Er richtete sich auf und versuchte, auf Geräusche zu hören, die auf Ubbo schließen lassen könnten. Nichts. Er erhob sich und sah an sich hinunter. Er trug die Kleidung von gestern, lediglich Schuhe und Socken fehlten. Vorsichtig suchte er das Haus nach Ubbo ab, bis er überzeugt war, dass sein Schwiegervater nicht da war. Er nahm sich in der Küche eine Flasche Wasser und trank sie gierig leer. Sein Kopf tat weh und er suchte im Arzneischrank nach Kopfschmerztabletten. Er musste irgendwo was Starkes haben, fand aber lediglich ein paar Aspirin und nahm zwei davon. Für eine weitere Wasserflasche schob er den Vorhang zur Speisekammer beiseite und nahm eine aus dem Kasten. Er roch an sich. Hatte er sich übergeben? Der Geschmack im Mund konnte alles bedeuten. Was war bloß los am gestrigen Abend? Er konnte sich kaum erinnern. Besser gesagt, er konnte sich erinnern, dass Ubbo und er Schach gespielt hatten, und ja, Grappa aus Italien gab es und es war nett, nachdem sie beschlossen hatten, über die aktuellen Ereignisse kein Wort mehr zu verlieren. Er selbst hatte es beschlossen. Und wenn Ubbo solch ein wunderbarer Freund war, wie er stets vorgab, musste er sich dem fügen. Hatte er auch, das wusste Maxim noch. Und dass er Spielschulden hatte. Er trank mehr von dem Wasser und anscheinend zu schnell. Jedenfalls wurde ihm schlecht und er rannte mit vor den Mund gehaltener Hand ins Bad und kniete sich vor das Toilettenbecken. Fast hätte er vergessen, den Deckel zu öffnen, schaffte es jedoch gerade rechtzeitig, als sein Mageninhalt hochkam. Er schloss die Augen. Maxim hatte sich seit Jahren nicht mehr übergeben und noch nie aus dem Grund, zu viel Alkohol getrunken zu haben. Zu viel guten Grappa und vor allem zu schnell, präzisierte er seine Gedanken. Er nahm sich ein Stück Klopapier und wischte sich den Mund ab, bevor er spülte und aufstand. Er fühlte sich schmutzig und gleichzeitig befreit. Am Waschbecken wusch er sich gründlich den Mund aus, verteilte danach kaltes Wasser über Gesicht und Hals und nahm sich ein Handtuch. Er rubbelte sich damit trocken und hängte es zurück an seinen Platz. Er drehte die Dusche auf und wollte schon das Bad verlassen, um sich frische Kleidung zu holen, als ihm der Geruch auffiel. Er blieb wie gebannt stehen und sah auf das schmale weiße Regal, in dem sein Shampoo, Duschgel und sein Rasierzeug standen. Ganz oben prangte zwar Duschgel, aber es war nicht seines. Es war das von Imke. Unverkennbar. Und daneben, nicht weniger im Vordergrund, stand ihr Parfüm. Trésor. Sie hatte es geliebt und selbst am Morgen der Operation hatte sie sich nicht nehmen lassen, gut zu riechen, und es sich aufgetragen. Das war genau der Geruch, der im ganzen Bad verteilt war. Wer hatte sich diesen schlechten Scherz erlaubt? Es gab wenige Menschen, die wussten, welches Parfüm und welches Shampoo sie benutzt hatte. Dazu ihr Deo und das Duschgel. Alles stand da. Vor ihm auf dem obersten Regalbrett. Daniela fiel ihm als Erste ein. Aber weshalb sollte sie das machen? Und Ubbo, der Imke besser und länger gekannt hatte als jeder andere Mensch? Würde er so etwas tun? Warum? Was war in der letzten Nacht noch geschehen? Nein. Ubbo würde auf Imkes Kosten sicher keine makabren Scherze machen. Genauso wenig wie Daniela. Er stolperte rückwärts in den Flur und lief zum Telefon. Er griff danach und überlegte kurz, die Polizei anzurufen. Doch die hielt ihn schon für verrückt. Glaubte er wenigstens. Er wählte Danielas Nummer. Sie meldete sich nicht und hatte keinen Anrufbeantworter eingeschaltet. Irgendwo hatte er ihre Mobilnummer. Er suchte fahrig in dem handbeschriebenen Notizbuch, bis er die richtige Seite fand. Gerade als er die letzte Zahl, eine 1, eingab, sah er ihn. Vor ihm. Ganz genau auf

Augenhöhe. An die Pinnwand geheftet. Ein großer Zettel mit einem Foto, von dem Imke ihn anlächelte, und darunter las er: *Ich liebe dich. Immer. Ich bin bei dir. Vergiss mich nicht.*

Das Telefon klingelte schrill und er schrak wie aus einem tiefen Traum hoch. »Ja? Ubbo? … Nein. Ich bin … Ich weiß nicht.« Er hörte zu und nickte, vergaß, dass Ubbo ihn nicht sehen konnte. »Entschuldige. Wie bin ich nach Hause gekommen? Hast du mich gebracht?« Wenn ja, konnte es Ubbo gewesen sein? »Nein? … Ein Taxi. Das ist gut.« Maxim war erleichtert. Er mochte Ubbo und wollte ihm ungern eins auf die Nase geben. Danach war ihm nämlich jetzt. Den Idioten finden, der das gemacht hatte, und ihm mit voller Wucht das Nasenbein brechen. »Was hast du gesagt? Du kommst vorbei? Jetzt?« Er wollte heftig protestieren, kam damit aber zu spät, Ubbo hatte das Gespräch beendet und war längst auf dem Weg zu ihm. Moderne Technik eben. Er verfluchte das alles. Wenn Ubbo von zu Hause aus angerufen hätte, vom Festnetz, könnte er in aller Ruhe alles zusammensammeln, was irgendwer mit schlechtem Humor am gestrigen Abend oder in der Nacht hinterlegt hatte. Jetzt musste er sich beeilen, um die ominösen Dinge im Bad und den Zettel mit Imkes Bild verschwinden zu lassen. Er legte alles in eine Schublade in seinem Arbeitszimmer. Das hatte Ubbo noch nie betreten und er glaubte nicht, dass sich Ubbo ausgerechnet heute dazu entschließen würde. Er atmete durch, als die klare Glocke an der Haustür erklang. Er darf nichts merken. Er wird mir die Polizei ins Haus schicken oder er wird meinen, ich denke mir alles aus und werde mit jedem Tag wahnsinniger. Er versuchte sich von der Aufregung nichts anmerken zu lassen, als er Ubbo begrüßte.

»Moin. Na, von den Toten erwacht?« Er gab Maxim die Hand.

Maxim sparte sich jede Antwort. Er wusste, wie er aussah. Vollkommen übernächtigt, leichenblass, und zudem stank er, weil er noch nicht geduscht hatte. Und als er Ubbo ansah, ohne jede Spur des gestrigen Abends, wusste er, etwas war schiefgelaufen. Hatte er allein getrunken? Das konnte er sich kaum vorstellen. Sein Schwiegervater griff gern zum Glas. Eigentlich. Er fragte: »Du hast keinen Kater? Hast du mich nach Hause gebracht? Habe ich mich sehr danebenbenommen?«

»Das hast du am Telefon schon gefragt. Alles vergessen?« Ubbo sah Maxim an, dass es so war. »Du brauchst einen Kaffee. Stark und schwarz. Dein Gesicht sieht aus wie durchgekaut und dein Blick ist dermaßen schuldbewusst, als hätte ich einen Schüler vor mir, der kurz vor dem Rausschmiss steht.«

»Ach was. Mir ist schlecht. Mein Schädel brummt. Ich habe zu viel getrunken. Und ich habe einen Filmriss. Das erste Mal in meinem Leben. Kaum saufe ich mit dir, geht es schief.« Er nötigte sich ein Lächeln ab. »Du hast weniger getrunken? Ich weiß, es war Grappa. Den du mitgebracht hast aus Italien. Viel mehr weiß ich nicht. Und jetzt fällt mir etwas ein. Wir machen zusammen Urlaub in Italien. Beim Grappa.«

»Es war ein schöner Abend. Längst überfällig.« Der große Mann setzte sich auf einen der Hocker, die an der Kücheninsel standen. »Kaffee und Schwarzbrot. Ich habe noch nicht gefrühstückt.« Ubbo legte eine Tüte vor sich, die er bis dahin hinter seinem Rücken versteckt hatte. »Ich habe vorgesorgt. Da ich selbst zu lange alleine lebe, weiß ich, wie deine Vorräte aussehen. Außer ein paar Dosen und vielleicht Brötchen zum Aufbacken wirst du nichts haben. Ich war beim Markt und habe alles frisch mitgebracht.« Er packte Brot, Wurst, Käse sowie eingelegte Gurken und ein Glas Rollmöpse aus. »Ich nehme an, du hast wenigstens Butter im Kühlschrank.«

Maxim wäre gern allein gewesen. Sofort. Er grübelte, wie er Ubbo hinauswerfen konnte, ohne ihn vor den Kopf zu stoßen. »Das ist nett, wirklich. Ich kann aber nicht mit dir frühstücken. Ich habe ein paar Termine auf heute gelegt. Du weißt ja, ich hatte Ausfalltage und die Patienten brauchen die Therapien.«

»Heute? Du hast an keinem Samstag zuvor gearbeitet.«

»Ja, das stimmt. Aber besondere Umstände erfordern besondere Maßnahmen.«

»Ich habe einen Vorschlag. Du gehst duschen. Muss dir nicht peinlich sein, wenn ich dir sage, so solltest du deinen Patienten nicht gegenübersitzen. Ich war auch mal jung. Und ich habe manchmal einen über den Durst getrunken, ich kenne das. Katerfrühstück ist lebenswichtig. In einer halben Stunde bist du fertig und kannst deiner Arbeit anständig nachgehen.« Ubbo stand auf und füllte die Kaffeemaschine.

Maxim fand sich damit ab, ein Ende des Besuches war schließlich nach dem schnellen Frühstück in Sicht. Er holte endlich die frische Kleidung, wie er es längst vorgehabt hatte, legte sie über den Badewannenrand und stellte sich unter das warme Wasser in die Dusche. Imkes Duft umfing ihn erneut. Ihm wurde schwindlig und die Wunde am Hinterkopf puckerte unerträglich. Er wusch sich hastig die Haare und spülte mit kaltem Wasser nach. Es half nicht. Im Gegenteil, es wurde schlimmer. Er trocknete sich ab, zog Unterhose, Jeans und Shirt an und strich seine abstehenden Haare, so gut es ging, glatt. Maxim sparte sich den Blick in den Spiegel. Von den tief liegenden Augen, der fahlen Haut und den Bartstoppeln wusste er, dies bedurfte keiner weiteren Überprüfung. Er hörte Ubbo pfeifen, die Melodie kannte er nicht. Ubbo hatte Musik im Blut. Wenn er Zeit hatte, spielte er Akkordeon. Maxim hingegen war weniger musisch begabt. Als Kind hatte er Klavier spielen müssen, seine Eltern hatten bei ihm und seinen Brüdern großen Wert darauf gelegt. Und Imke? Imke konnte Gitarre spielen, obwohl sie nie Unterricht gehabt hatte. Und sie sang dazu. Hatte dazu gesungen. Er verbesserte sich inzwischen und schalt sich auf der anderen Seite. Sie war bei ihm. Und seit ihr Duft zurück war, spürte er sie geradezu.

»Maxim, wenn du dich nicht beeilst, mache ich aus dem Frühstück ein Mittagessen.«

War es schon so spät? Maxim sah auf die Uhr, die neben der Badtür an der Wand hing. Nicht mal zehn Uhr. Da fiel ihm seine Lüge ein. Er hasste es, Menschen, die ihm wichtig waren, nicht die Wahrheit zu sagen. Das war nicht mal eine Notlüge und dazu würde sie auffliegen, wenn nicht bald der erste Patient auftauchte. Er entschloss sich, zu beichten.

»Es tut mir leid. Ich habe gelogen. Heute habe ich frei. Ich habe nur nach einem Grund gesucht, allein zu sein.« Maxim setzte sich in der Küche neben Ubbo.

»Ach? Um allein zu sein, klingt nicht unhöflich. Um mich loszuwerden, klänge unhöflicher.« Der Schwiegervater ließ sich nicht anmerken, ob er beleidigt war. »Na ja, Frühstück und dann sehen wir weiter. Du siehst noch nicht viel besser aus. Wenigstens riechst du besser als vorher.« Er biss vom Brot ab und steckte einen halben Rollmops dazu in den Mund.

»Es tut mir leid. Es ist noch etwas. Ich wollte es dir nicht sagen.«

Ubbo kaute schneller. Als er den Mund leer hatte, fragte er: »Noch etwas? Du bist mir keine Rechenschaft schuldig, das weißt du. Du führst dein eigenes Leben. Du bist ein erwachsener Mann.«

»Ich weiß. Lass es mich sagen, bevor ich es mir anders überlege. Und bitte, halte mich nicht für verrückt.«

Ubbo nickte.

»Jemand war im Haus und hat Sachen von Imke platziert. Im Bad beispielsweise. Ihr Deo und so weiter.«

»Ihr Parfüm?«

»Woher weißt du das?« Maxim beschlich neuerlich der Verdacht, den er eine halbe Stunde vorher bereits hatte. »Warst du das?«

»Sag mal, wie kommst du auf so was? Es riecht in der ganzen Wohnung nach Imke. Wie seit vielen Monaten nicht mehr.« Er getraute sich nicht, Jahre zu sagen. Das war eine Zeitspanne, mit der er erst lernen musste umzugehen.

»Und ein Foto lag in der Diele. Nein, es hing dort. Beim Telefontisch. Darunter standen Sätze. Wie von Imke verfasst. Sehr persönlich.«

»Willst du mir alles zeigen?« Ubbos sonst sichere tiefe, kräftige Stimme zitterte.

»Nein, jetzt nicht. Ich habe alles in eine Tüte gestopft. Am liebsten würde ich es selbst nicht mehr ansehen.«

»Wo ist es? Im Müll?« Ubbo schaute durch das kleine Fenster in den rechteckigen Hof.

»Müll? Was glaubst du? Ich kann doch Imkes Sachen nicht wegwerfen.« Maxim reagierte ungehalten.

»Was heißt das?« Ubbo kannte die Antwort auf seine Frage selbst. Ihm war es schwergefallen, sich von der Kleidung, den Möbeln und was auch immer Maria gehört hatte, zu trennen. Und Imkes Zimmer war fast wie früher, als sie bei ihm gewohnt hatte. Aber er hatte nur wenige Kleidungsstücke aufgehoben. Und er hatte vor, auch den Rest demnächst zu spenden und die Zimmer von Maria und Imke zu renovieren.

Maxim legte seinen Kopf in die Hände. »Was glaubst du? Dass ich von einem Tag auf den anderen einen Strich ziehen kann? Imke ist tot, das Leben geht weiter? Hah! Nein! Alle ihre Sachen sind auf dem Dachboden. Und ich glaube, das, was ich heute Morgen gefunden habe, stammt vom Dachboden. Bis auf diesen Zettel, auf dem das Foto klebt. Du kennst es. Sie sitzt auf ihrem neuen roten Hollandrad und winkt froh.«

Ubbo stöhnte auf. »Und ob ich das kenne. Ihr wart bei mir draußen an dem Tag. Sie war glücklich. Ihr wart frisch verlobt.« Und ich wusste damals nicht so recht, ob du der Richtige für meine Imke wärst. Das verschwieg er. Jeder kleine Zweifel hatte sich mit der Zeit zerstreut. Imke hätte keinen liebevolleren Mann bekommen können. »Ihr wart perfekt füreinander.«

»Was? Das hast du an dem Tag gedacht?«

»Ach, erst viel später. Aber ja, Imke und du … Ich wusste bald, wenn ich einmal gehe, wäre sie gut aufgehoben bei dir.« Er schluckte, um aufsteigende Tränen zurückzuhalten. Diese Erinnerungen breiteten sich aus wie eine schmerzhafte Epidemie. Ubbo fasste sich. »Sag mal, wer hat Zugang zum Haus? Du schließt doch ab, wenn du gehst, oder? Ich bei mir draußen, ich brauche das nicht. Aber hier in der Stadt kannst du die Türen nicht offen stehen lassen.«

»Natürlich schließe ich ab. Was du selbst gesehen hast vorhin, oder? Und nachts sowieso. Während der Sprechstunde in der Regel nicht. Vor allem dann nicht, wenn Daniela im Haus ist. Bisher ist niemand unbefugt eingetreten.« Das sollte sehr sicher klingen. Fast, als müsse er sich selbst überzeugen. Denn was war mit den beiden komischen Frauen, die ihn seit der Sache im Park verfolgten? Möglicherweise hatten sie etwas damit zu tun.

»Ist dir jemand eingefallen, der sich Zutritt verschafft haben könnte? Oder gab es einen Vorfall, also einen weiteren am oder im Haus?«

»Ich weiß nicht. Gestern waren die beiden Frauen da, wollten mich schon wieder besuchen. Die sind ziemlich aufdringlich.«

»Die, die dich gefunden haben? Kennen die dich von früher? Ich denke eher nicht. Warum sollten die auf deinem Dachboden herumschnüffeln? Sonst kein Fremder, der um das Haus schleicht? Wir sollten Daniela fragen. Und die Polizei einschalten.«

Maxim schüttelte vehement den Kopf. »Nein. Die kommen mir nicht ins Haus. Du weißt, wie das läuft? Die nehmen alles auseinander. Alles, was mir lieb und teuer ist. Nicht nur, dass wildfremde Menschen sehen, wie ich lebe. Sie werden in jeder Ecke kramen, alles herausreißen. Ich will die mit ihren Spurensicherungskoffern und Überschuhen nicht im Haus haben.« Allein der Gedanke grauste Maxim, ein anderer außer ihm oder Ubbo würde all die Sachen von Imke aus den Kisten nehmen, sie einzeln betrachten, sie fühlen. Nein. Sie würden es beschmutzen. Sie würden Imkes Andenken beschmutzen. Lieber würde er sterben.

»Schon gut. Wir werden uns überlegen, was wir tun können, ohne dass die ihre ganze Mannschaft mobilisieren.«

»Nein! Das ist mein letztes Wort. Was ich dir erzählt hab, bleibt unter uns. Verstanden? Sonst kannst du dir demnächst einen anderen Mieter suchen.« Er meinte das absolut ernst. Er hatte niemals zuvor einen Menschen erpresst und es war ihm auch niemals in den Sinn gekommen. Doch was seine

Privatsphäre betraf und damit die Erinnerungen an Imke, war für ihn ein guter Grund, von seinen Grundsätzen abzugehen. Selbst wenn es einen herzensguten Menschen wie Ubbo Niersen traf.

Der nahm ihm das nicht einmal übel. Er konnte sein Verhalten zu gut verstehen und wollte ebenso wenig wie Maxim, dass Polizisten oder andere Leute das Innenleben seines Schwiegersohnes durchleuchteten. Denn das waren Erinnerungsstücke wie Fotos, Unterwäsche, Briefe und all die anderen Dinge, die sich in einer Wohnung hinter verschlossenen Türen befanden. Die Gewohnheiten waren erkennbar, der Charakter, sobald man Wäsche, Lebensmittel, Bücher und auch den Müll eines Haushaltes ansah. Spurensicherung im Haus war unter Umständen schlimmer, als wenn Einbrecher kämen. Den Einbrechern ging es allein um Wertgegenstände, die Polizei wollte hingegen nichts nehmen, dafür aber alles erfahren. »Wie du willst. Ich schlage vor, du wohnst vorerst bei mir. Ich lasse sämtliche Schlösser auswechseln und eine Alarmanlage einbauen.«

»Das ist nicht dein Ernst. Ich soll bei dir einziehen? Nein! Meine Praxis ist hier im Haus und ich werde keine Nacht woanders verbringen.«

»Sei vernünftig. Ich glaube nicht, dass ich noch heute eine Firma finde, die das alles sofort erledigt.«

»Das brauchst du nicht. Ich schließe ab. Jeden Abend. Hinten und vorne. Womöglich habe ich gestern vergessen, die Hintertür abzuschließen.«

»Ich lasse das, wenn du dir Gedanken machst, wer für den Überfall im Park«, Ubbo sah Maxims wütenden Blick und hielt kurz inne, bevor er weitersprach. »Ja, für den Überfall auf dich im Park und gleichzeitig für den Einbruch beziehungsweise das Eindringen in deine Privaträume verantwortlich sein könnte. Du brauchst nicht so tun, als wäre alles ein Zufall. Spätestens nach dem, was heute hier geschehen ist, was du vorgefunden hast, ist klar, dass du kein zufälliges Opfer im

Park warst. Dich hat jemand gezielt ausgesucht. Und ich glaube, das war längst nicht alles.«

»Ich kenne niemanden, der Derartiges tun würde. Du vielleicht? Ich habe in meinem Leben, soweit ich weiß, keinem etwas angetan. Wenigstens nichts, woran ich mich erinnern kann.«

»Nicht einmal als Kind? Warst du einer, der andere geärgert hat? Menschen sind nachtragend. Wie Elefanten. Sie vergessen selten etwas.«

»Ich würde mich gern ausruhen. Meinetwegen kannst du andere Schlösser einbauen, aber nicht am Wochenende. Das kostet ein Vermögen. Ich bleibe. Und nein, ich war kein bösartiges Kind. Und nein, ich habe keine ungeklärten Frauengeschichten oder uneheliche Kinder oder andere heimliche Leichen. Ich beuge deinen Fragen vor. All das denkst du doch? Dass ich etwas gemacht haben muss, damit ein anderer überhaupt erst auf die Idee kommt, so etwas mit mir zu tun. Ja, das entspräche dem, wie ich selbst denken würde, wenn jemand anderem das passierte. Leider fällt mir niemand ein, den ich genug geärgert habe.« Maxim räumte die Lebensmittel in den Kühlschrank. Er sehnte sich nach einem langen Lauf abseits der üblichen Wege. Vielleicht würde er mit dem Rad nach Logabirum fahren und dort ein paar Kilometer seinen Gedanken folgend laufen können, ohne an Imkes Nachrichten oder an seine schmerzende Kopfwunde und an neue Schlösser zu denken. Er wollte den Kopf frei bekommen.

»Ich fahre zum Baumarkt. Willst du nicht mit? Auf dem Rückweg können wir dein Auto bei mir abholen.« Ubbo klopfte Maxim auf die Schulter. »Ich weiß, du willst dich ausruhen. Ich komme nachher, um nach dir zu schauen. Bleib zu Hause.« Den letzten Rat hätte er sich sparen können, denn selbst das Zuhause schien nicht mehr sicher für Maxim zu sein. Doch wie konnte er ihn überreden, für einige Tage umzuziehen? »Tschüss, mien Jung, laat dien Kopp nich hangen.«

Kapitel 9

Pünktlich, wie sie es sich vorgenommen hatten, klingelten Biggi und Helga an der Haustür des Psychologen. Es war schließlich früher Abend und da ging man nicht mehr, selbst in Ostfriesland, ohne Klopfen oder Klingeln in fremde Häuser. Wobei dieses Haus ihnen schon bekannt war. Sie hatten sich vorher besprochen, wie sie sich dem Herrn Doktor gegenüber verhalten wollten. Biggi hatte Helga gebeten, sich mehr zusammenzunehmen, nicht zu forsch aufzutreten, damit der arme Mann sich nicht überfahren fühlte. Und Biggi nahm sich vor, weniger schüchtern zu sein. Er war zwar eine Mannsperson, doch keine, die sich für sie je interessieren würde. Dafür war er viel zu gebildet. Sie selbst hatte einen Realschulabschluss, was ihr reichte. Einen Mann, der Abitur und mehr hatte, konnte sie sich nicht an ihrer Seite vorstellen. Dass sie überhaupt darüber nachdachte, machte sie sehr nervös, als sie darauf warteten, die Tür geöffnet zu bekommen.

»Ich hoffe, die Torte schmeckt ihm. Ich habe dunkle Schokolade genommen. Männer mögen das ja. Und einen Schuss Rum mehr.«

»Willst du ihn betrunken machen? Ich glaube ja, der Herr Doktor trinkt gar nicht. Und er sieht aus wie ein Vegetarier.«

»Meinst du? Du denkst, er hat ein Alkoholproblem?« Biggi hielt die Schachtel mit der mehrstöckigen Torte vor sich, um daran zu riechen. Für sie waren Männer, die nichts tranken, trockene Alkoholiker. »Das verzieht sich doch beim Backen.«

»Ach was. Er isst keine Tiere und meidet Schnaps. Er ist ein Sportler durch und durch. Ich habe nichts von Alkoholiker gesagt. Was du dir immer ausmalst!«

»Meinst du, er meidet deshalb Sahne und Schokolade und alles, was ich in dieses Kunstwerk reingetan habe? Ich habe stundenlang daran gearbeitet.« Biggi sah Helga verzweifelt an.

»Wir werden sehen. Wie es aussieht, hat er uns versetzt. Kein schöner Zug von dem Herrn. Du backst stundenlang und ich hetze nach Feierabend durch die Stadt. Nein, wirklich kein schöner Zug von dem Herrn Doktor.« Sie klopfte an die Tür. Nicht zurückhaltend, sondern wie es ihre Art war, mit voller Kraft.

»Helga, wir hatten ausgemacht, du hältst dich zurück. Du kannst doch nicht so einen Krach machen. Was sollen die Nachbarn denken?«

»Die sind das gewohnt. Die denken, wir sind welche von seinen Kranken. Damit ist die Sache für die gegessen. Glaub mir.« Sie stellte den Korb mit ihren Mitbringseln neben sich auf den Boden und formte die Hände zu einem Trichter: »Herr Doktor, wir sind es. Biggi und Helga. Ist alles in Ordnung?«

Beide hielten den Atem an, um mögliche Geräusche aus dem Haus vernehmen zu können.

»Komm, lass mich mal.« Biggi stellte sich dicht neben Helga und fasste den Türknauf. »Oh, etwas war die Tage anders. Ich glaube, das Schloss wurde ausgewechselt und mit dem Knauf sicherer gemacht. Sieh mal, sieht alles nagelneu aus.« Sie bückten sich beide und begutachteten die neue Anlage. Sah sehr modern aus. Das Motorengeräusch eines Autos schreckte sie auf. Sie drehten sich um und sahen den Mann, dem sie bereits im Krankenhaus begegnet waren, aus einem sehr alten Auto steigen. Sie hatten keine Ahnung, um was für ein Modell es sich handelte.

Helga fing sich als Erste und lief ihm entgegen. »Moin! Sie wollen auch zum Herrn Doktor? Wir warten schon eine Weile. Ich fürchte, er ist nicht zu Hause. Obwohl wir verabredet waren. Ich bin Helga Ensen, das ist Biggi, Birgit Klöpfer. Keine echte Ostfriesin, dafür ganz in Ordnung.«

»Sie sind die Heldinnen. Wie schön, Sie kennenzulernen. Ubbo Niersen. Maxim und ich sind Familie.« Das waren also die beiden Frauen, mit denen Maxim nicht allein fertigwurde, dachte er. »Ich glaube, Maxim ist einkaufen. Schließlich will er seinem Besuch etwas anbieten.« Er hoffte, dem war so. Denn als er am Montagabend das letzte Schloss ausgewechselt hatte, war der Kühlschrank gähnend leer gewesen.

»Nicht nötig. Wir haben alles dabei. Ich habe vormittags eingekauft und vorgekocht und Biggi hat gebacken.«

»Na, dann gehen wir mal rein in die gute Stube.« Er nahm sein Schlüsselbund aus dem Auto und bahnte sich den Weg zwischen den beiden Frauen hindurch.

Die sich bedeutungsvoll ansahen, was heißen sollte: Muss sehr Familie sein, wenn der einen Schlüssel von Herrn Doktor hat.

»So, jetzt können wir. Bitte vorne links. Darf ich Ihnen was abnehmen?« Er streckte Helga die Hände entgegen, die entrüstet ablehnte: »Dat krieg ick ok alleen op de Reeg, darto bruuk ick kien Keerl.«

»Aber Ihnen darf ich unter die Arme greifen?« Ubbo fasste unter den Tortenbehälter. »Extra eine Torte gebacken. Da möchte man fast einen Schlag auf den Hinterkopf bekommen.«

Biggi hingegen zauderte noch einen Moment. Sie empfand es als Unhöflichkeit, das Angebot abzulehnen. Doch konnte sie ihrer Torte einen ungeübten Transport zumuten? Und was sollte das mit dem Schlag auf den Hinterkopf? Sie schüttelte, ohne Ubbo dabei anzusehen, streng den Kopf und folgte Helga, die sich wie zu Hause fühlte in der fremden Küche und bereits den Inhalt des Korbes dort ausbreitete. Soweit es ging zumindest. Für Helgas Geschmack gab es zu wenig Arbeitsfläche. Sie sah sich suchend um. »Wollen wir schon mal den Tisch decken? Gibt es einen Esstisch?«

Biggi stand hilflos im Weg. Ubbo grinste und sagte: »Ne, so was gibt's nicht. Entweder direkt an der Insel essen oder am kleinen Tisch vorne.« Er zeigte auf die Sitzgarnitur, an der sie bereits bei ihrem letzten Besuch gesessen hatten.

»Zwischen all den Büchern? Wir wollen die nicht beschädigen. Dann bleiben wir eben stehen.« Helga zeigte auf die Hocker, die um die Kücheninsel standen.

»Meine Damen, die Bücher haben kein Problem mit gutem, geselligem Essen. Ich nehme mal an, es wird keine Schlacht geben?« Er blickte bedeutungsvoll zu Biggi, die noch immer mit ihrer fest an die Brust gedrückten Torte dastand, als hätte jemand vor, ihr diesen Schatz zu entreißen.

»Wie bitte? Was für eine Schlacht?« Sie errötete.

»Biggi, er beliebt zu scherzen. Oder? Biggi nimmt ihre Torte lieber mit ins Bett, als sie zum Gegenstand einer Schlacht werden zu lassen.« Helga taute langsam auf und begann, sich in Gegenwart von Ubbo Niersen wohlzufühlen. Er hatte eine Art, die ihr gefiel. Und er sah aus wie ein richtiger Ostfriese. Wofür sie, wenn es Punkte von 1 bis 10 zum Verteilen gäbe, die Höchstwertung, nämlich die 10, ziehen würde. Er sah ungemein gut aus.

»Ins Bett? Du spinnst. Ist Platz im Kühlschrank, Herr Niersen? Am besten im Gefrierschrank. Die Torte sollte gekühlt werden. Wir standen zu lange in der warmen Sonne. In dem Zustand wäre sie wahrlich zu nichts anderem als zum Wegwerfen zu gebrauchen. Tortenwerfen, so weit kommt's noch.« Sie beachtete Helga nicht weiter, die eine spöttische Bemerkung nach der anderen machte und dabei manchmal wie ein junges Mädchen gackerte, sondern öffnete die linke Seite des Kühlschranks, in der sie die Tiefkühlung vermutete. »Da ist ja fast nichts drin. Der arme Herr Doktor, nicht einmal Vorräte hat er.« Ohne etwas umstapeln zu müssen oder gar die Torte aus dem Behälter zu nehmen, stellte sie ihre Kostbarkeit in ein gänzlich leeres Fach.

Helga hatte mit Ubbos Hilfe den Tisch gedeckt. Sie schenkte jedem ein Glas Wein ein, Kochwein, wie sie ihn nannte. »Dann wollen wir mal auf die Gesundheit des Herrn Doktor anstoßen. Ich glaube, er braucht es gerade sehr dringend.«

Biggi sagte nichts und nippte von dem Wein, während ihre Freundin und Ubbo nicht so zögerlich waren. Sie sah prüfend den Kartoffelsalat an. Mit Mayonnaise, Gurken und Eiern gemacht. Hoffentlich hatte der keinen Stich da draußen bekommen. Mit verdorbener Mayonnaise war nicht zu spaßen. Sie würde, obwohl der zu ihren Lieblingsgerichten gehörte, darauf verzichten. Sie hörte ein Geräusch an einer Tür und rief: »Still, da ist jemand.« Ganz als erwartete sie einen Einbrecher.

»Wenn die Alarmanlage erst einmal eingebaut ist, kann sich nicht mal eine Maus unbemerkt durch ein Loch ins Haus winden.« Ubbo lachte. »Und da ich einen Schlüssel gehört habe, nehme ich an, dass unser Gastgeber kommt. Ich bin gleich wieder zurück.« Für seine Größe und Statur bewegte er sich erstaunlich flink. Er sah gerade noch den Rücken von Maxim, als der ins Bad verschwand. »Verdammt, Junge. Du warst wieder laufen. Ich dachte, du wirst vernünftig.« Er sprach durch die angelehnte Tür, leise genug, damit die beiden Frauen davon nichts mitbekamen. »Und dein Besuch ist da. Schon etwas länger. Mit allem Pipapo: Essen, Trinken, Torte. Ganz reizende Frauen. Zieh dich um und dann komm.«

*

Ubbo nahm sich ein weiteres Stück von der wunderbar schmeckenden Schokoladentorte und rieb sich über den Bauch. »Selten solch eine Torte gegessen. Wirklich, Biggi. Sie sind eine Künstlerin. Ich schlage euch als Ältester das ostfriesische Du vor. Einverstanden?«

Maxim hätte ihm gern gegen das Schienbein getreten, was aber aufgefallen wäre, denn Ubbo saß mit sichtbaren ausgestreckten Beinen auf einem der bequemen Sessel. Statt einer Antwort murmelte er leise vor sich her.

Biggi errötete schon wieder, als Ubbo sie lobte. Sie nahm sich vor, demnächst ihr Make-up auf Männerbegegnungen abzustimmen. Was hieß, es musste stark genug sein, um jede Rotfärbung des Gesichtes zu verbergen.

»Aber Herr Niersen … Ubbo. Gern. Für uns Einheimische ist das ja kein Problem. Biggi hat damit ihre Schwierigkeiten. Und Herr Doktor? Was sagst du dazu?«

Der Herr Doktor lächelte mühsam. Auch so eine Eigenschaft von Ubbo, die Maxim nicht mochte. Dieses ewige Duzen. Wobei die Ansprache in der zweiten Person Singular keineswegs bedeutete, man wäre akzeptiert. Er zog vor, Menschen kennenzulernen und in einer freundschaftlichen

Beziehung mit ihnen zu stehen, bevor es persönlich wurde. Was er sich bei den beiden Frauen nicht vorstellen konnte. Freundschaft. Im Grunde lebte er gern allein und für sich. Mit Ubbo hatte er genug zu tun, Daniela meinte auch zu oft, sie wären Freunde, was nicht stimmte. Denn Daniela war allein Imkes Freundin gewesen. »Wissen Sie, mir geht es wie Frau Klöpfer. Ich habe meine Schwierigkeiten mit dieser Gewohnheit. Die ganz sicher gut gemeint ist.«

»Also gut. Dann duzt du uns eben nicht. Kein Problem.«

»Ich schließe mich an. Ich bleibe wie Herr Henndorf beim Sie.« Biggi sah aufgeregt in die Runde.

»Da haben wir es mal wieder. Alle wollen herkommen, aber wenn es um Sitten und Bräuche geht, die wichtig sind für jede Integration, ist es vorbei.« Helga war böse auf ihre Freundin und fühlte sich von Maxim abgewiesen. So etwas tat man nicht. Wenn jemand einem das Du anbot, schlug man ein. Und fertig! Sie blitzte Biggi geradezu mit ihren Augen an.

»Ach Maxim, stell dich nicht an. Ich habe gesagt, wir duzen uns. Damit ist die Sache erledigt. Liebe Biggi, ich denke, du wolltest dem Dösbaddel zur Seite stehen. Oder soll ich weiter Sie und Frau Klöpfer sagen?«

»Biggi gern. Ich möchte nicht, dass der Herr Doktor sich überfahren fühlt.«

»Der Herr Doktor kann sich glücklich schätzen, dass ihr in sein Leben getreten seid. Ohne euch würde er womöglich nicht hier sitzen.« Ubbo hob das Glas. »Ich danke euch, Mädels. Ihr habt was gut bei uns.«

Maxim wusste, dass die beiden Schläge zwar seine Bewusstlosigkeit gebracht hatten, aber sie und deren Folgen waren zu keiner Zeit lebensgefährlich. Er musste diesen Abend einigermaßen anständig hinter sich bringen. Damit er die Frauen aus seinem Leben streichen konnte. Sie waren ihm zu anstrengend in ihrer fürsorglichen, neugierigen Art. »Prost. Ja, danke Ihnen. Ach euch. Na gut, ich heiße Maxim.« Sie stießen ihre Gläser gegeneinander, es klirrte fast harmonisch, als ihm siedend heiß einfiel, was nun folgen würde. Er zumindest kannte den Brauch des Bruderschaftskusses. Vor allem zwischen unterschiedlichen Geschlechtern. Maxim wollte das schnell hinter sich bringen. Er stand auf und näherte sich mit geschlossenen Augen Biggi, die erschrocken zurückwich. Maxim öffnete die Augen, da sein Mund lediglich die Luft zum Küssen fand.

»Hach, Herr Doktor. Du gehst aber ran.« Helga schüttelte den Kopf. »Das macht man bei uns nicht. In Hannover vielleicht. In Russland. Früher andauernd im Ostblock.« Sie wollte weiterreden, als Biggi ohne Umschweife Maxims Kopf fasste, mit beiden Händen, und ihm einen Kuss auf die Wange gab. »So, jetzt sind wir beide per Du. Und wir sind Zugezogene und haben unsere eigenen Sitten.«

Natürlich fand Ubbo daran Gefallen und wollte ebenfalls geküsst werden. Er hielt jedem die Wange hin, sogar Maxim. »An mennigeen frömden Bruuk kunn ick mi glatt wennen.«

Als sich alle wieder gesetzt hatten, wurde es still. Jeder wusste, dass nun der ungemütliche Teil des Abends gekommen war. Vom Täter gab es noch immer keine Spur und ob der Sturz ins Wasser ein leidiger Unfall war, wusste selbst die Polizei nicht abschließend. Der Einbruch am letzten Wochenende war ein Geheimnis zwischen Maxim und Ubbo. Wobei Maxim seinem Schwiegervater zutraute, aus Sorge um ihn mit anderen darüber gesprochen zu haben.

»Habt ihr außer den Jungen jemand anderen im Park gesehen?«

Ubbo nutzte die Gelegenheit, keine Frage. Und dazu fiel er in die Vaterrolle.

»Ach, das ist sicher längst gefragt worden, oder?« Maxim wäre am liebsten weggelaufen. Die Sportsachen warteten im Schlafzimmer auf ihn. Der Gedanke gefiel und beruhigte ihn. »Der Hauptkommissar Freerichs hat gesagt, die Polizei konnte niemanden ausfindig machen, der außer uns um diese Zeit vor Ort war. Es war ja auch sehr früh.«

»Das stimmt. Wir waren mutterseelenallein unterwegs mit unseren Stöcken. Ohne die machen wir keinen Sport. Notfalls kann man damit aufdringliche Hunde abwehren.« Helga dachte nach, während sie sprach. »Vielleicht hätten wir damit den Überfall verhindern können. Wer weiß.«

Biggi hob die Hände in Richtung Zimmerdecke. »Mein Gott, Helga. Wir beide und einen Mörder vertreiben? Mit den billigen Stöcken vom Lidl?«

»Die waren nicht billig und sind stabiler als viele andere. Überlege mal, wie lange wir die schon haben inzwischen. Zwei Jahre bestimmt. Und ich benutze sie regelmäßig!« Ein Seitenhieb auf die Freundin, die gern mal die frühen Verabredungen mit seltsamen Ausreden absagte.

»Nein. Die sind keine zwei Jahre alt.« Biggi sprang nicht auf Helgas Anspielung an. »Wir hätten den Täter nicht vertreiben können, keine Frage. Aber unter Umständen, wenn wir früher unterwegs gewesen wären, zur gleichen Zeit wie der Herr Doktor …« Den Rest des Satzes ließ sie offen.

»Dann wäre es nicht zu dem Überfall gekommen. Der Kerl will keine Zeugen, nehme ich an.« Helga war in ihrem Element. Das war deutlich besser, als mittwochs um diese Zeit vor dem Fernseher zu sitzen und sich alte Folgen irgendwelcher Krimiserien auf Neo anzusehen.

»Entschuldigen Sie bitte. Ich muss morgen früh raus. Mein Kopf soll noch mal im Krankenhaus angeschaut werden.« Das gewohnte Sie ging leicht über Maxims Lippen. »Ubbo bringt Sie zur Tür. Ich habe mich zu bedanken für all das, was Sie für mich getan haben.« Er saß aufrecht, dem Anlass entsprechend. Ein freundlicher, dankbarer Rauswurf war Anlass genug.

»Aber Maxim, schon wieder beim Sie? Erst rangehen und knutschen und jetzt wieder förmlich?« Helga suchte Hilfe bei Ubbo. Biggi brauchte sie gar nicht anzusehen, die war längst vom Sofa aufgesprungen und begann, das benutzte Geschirr zusammenzuräumen.

Ubbo sagte: »Nun ja, spät ist es. Wir müssen alle früh raus. Froh ut de Dunen un froh to Bett, maakt gesund, riek, klook un nett.«

Helga blieb beharrlich beim Du. Sie wollte nicht als unsensibel angesehen werden und lenkte ein. »Ich weiß. Das war zu viel, das alles. Du musst dich ausruhen. Wir können ja an einem anderen Tag über alles sprechen.«

»Ich wäre dankbar, wenn ich allein sein könnte. Jetzt. Sofort. Bitte nicht mehr aufräumen. Ihr Geschirr bringt Ubbo gern vorbei, sobald alles sauber ist.« Maxim hatte genug. Sie sollten gehen. Nicht mehr reden. Nicht mehr aufräumen. Sie sollten verschwinden.

Ubbo wollte protestieren.

»Es ist genug. Ich werde Ihnen nie vergessen, dass Sie mich gefunden und die Rettungskräfte gerufen haben. Und dir, Ubbo, bin ich immer dankbar. Gute Nacht.« Maxim winkte mit der rechten Hand in Richtung Flur. »Ihr wisst, wo die Tür ist.«

Ubbo blieb nichts anderes übrig, als Biggi und Helga zur Tür zu geleiten. »Ich bin gleich wieder bei dir«, rief er seinem Schwiegersohn zu.

»Nein. Gute Nacht. Wir sehen uns die Tage.« Er war vollkommen erledigt. Diese angestrengte Höflichkeit den Abend lang hatte ihm die letzten Kraftreserven geraubt. Er beschloss, morgen aufzuräumen, und löschte das Licht. Wie früher Imke machte er es sich im Sessel bequem. Eine kurze Weile hörte er flüsternde Stimmen vom Flur, die sich bald vor das Haus verlagerten. Ihm war es egal, was die drei sprachen. Und was sie über ihn dachten. Vielleicht sollte er wegziehen. Ganz woanders hin. Weit weg.

»Hey Junge, ich kann nicht mehr fahren. Ich beziehe mir das Gästebett.«

Maxim schrak aus dem Halbschlaf.

»Oh, entschuldige. Ich wusste nicht, dass du schon schläfst. Ich dachte, wir trinken einen Absacker, bevor es in die Federn geht. Ich wollte dir was sagen. Du warst nicht nett zu den beiden. Im Gegenteil. Du hast ihnen eine Menge zu verdanken.«

»Verdanken? Den beiden? Soweit ich weiß, dachten die, ich wäre tot. Sie haben nicht mal meinen Puls überprüft oder einen

Arzt gerufen. Stattdessen die Mordkommission. Es war genug heute Abend. Und all die anderen Tage. Ich kann dich aus deinem eigenen Haus kaum herauswerfen. Also leg dich ins Bett und schlaf. Morgen früh, wenn ich aufstehe, solltest du ausgenüchtert sein. Und falls nicht, macht das auch nichts. Du bist oft genug mit einer Fahne durchs Moor gefahren. Nacht!«
Er drehte sich weg.

Kapitel 10

Alles war ruhiger geworden um ihn herum. Freerichs hatte ihn nicht mehr aufgesucht, die komischen Frauen ebenfalls nicht und von Ubbo hatte er seitdem auch nichts mehr gehört. Ein Glück. Er fühlte sich gut an diesem Vormittag. Er war um halb fünf aufgestanden, hatte zum ersten Mal wieder seine große Runde zum Schloss Evenburg gedreht und danach Appetit auf ein richtiges Frühstück gehabt. Nach dem Duschen war er zum Denkmalsplatz gegangen, hatte an die Scheibe vom Bistro Fofftein geklopft und sich auf diese Weise frühen Einlass verschafft. Enno, der Besitzer, brachte ihm Kaffee und Wasser. »Frühstück kommt gleich. Du warst eine Weile nicht da. Wieder fit? Haben die den schon?«

»Weiß nicht.«

Das reichte Enno als Antwort.

Nach dem Frühstück unterhielten sie sich über Neuigkeiten aus Leer, den Umbau des Platzes und das »Kleine Fest« im Park, für das Enno einen Teil vom Catering machte. Maxim verabschiedete sich bald. In der Praxis saß Daniela an der Abrechnung und schickte ihm die Patienten hinein. Alltag. Ein guter Tag.

»Hast du an deine Mutter gedacht? Die hat Montag Geburtstag, oder?« Nach der letzten Therapiestunde vor dem Mittag steckte Daniela den Kopf herein.

»Was denkst du denn? Das Geschenk liegt seit Wochen bereit.«

»Soll ich es zur Post bringen?«

»Das erledige ich höchstpersönlich. Wie in jedem Jahr.«

»Kommt sie dich mal wieder besuchen?«

»Warum? Willst du mit ihr ein paar schöne Tage verbringen? Ich leih sie dir gern aus.«

»Ich habe es verstanden. Du willst nicht darüber reden.«

Er lachte. Daniela war eine prächtige Parodie der Stimme und Stimmung seiner Mutter gelungen.

»Du kannst lachen. Endlich habe ich gefunden, womit ich dich aufmuntern kann. Auch wenn es unfair deiner Mutter gegenüber ist. Ich mache eben die Woche fertig, dann kannst du die Rechnungen unserer Privaten gleich mitnehmen.«

»Ist noch Tee da?« Natürlich war noch Tee da. Das gehörte zum immer wiederkehrenden Geplänkel zwischen ihnen.

»Ein Schlückchen. Gerade genug für eine kleine Pause.« Daniela parierte wie gewohnt die Antwort.

»Ich schreibe das obligatorische Kärtchen. Soll ich sie grüßen?«

»Damit deine Mutter denkt, wir hätten was miteinander?«

»Was sie sich wünscht. Und ich rede ihr nichts mehr aus, was mir Ruhe gibt. Sollte sie mich demnächst fragen, ob es was Festes zwischen uns beiden ist, stimme ich ihr in jedem Fall zu.«

»Das ist keine Lüge. Wir sind fest miteinander verbandelt. Du bist mein Arbeitgeber.«

»Genau.«

»Bis gleich. Wenn mich mein Arbeitgeber länger vom Schreiben der Rechnungen aufhält, geht der demnächst pleite.«

»Hm. Das wäre bedauerlich. Schon wegen unserer festen Beziehung. Na, dann geh schon.«

Auf dem Weg zur Post mied er die Fußgängerzone und ging stattdessen am Freizeithafen entlang. Die Sonne zeigte sich wie seit Wochen fast ununterbrochen von ihrer besten Seite. Er konnte sich nicht erinnern, jemals einen solch warmen Sommer erlebt zu haben. Die Leda lag ruhig in ihrem Bett, einige Ruderboote brachten ihr Abwechslung und die Nessebrücke erhob sich majestätisch von einem zum anderen Ufer. Er sah auf die Uhr und überlegte, ob die Zeit es ihm erlauben würde, eine kleine Pause einzulegen. Er wusste nicht, ob die Post mittags schloss, deshalb verschob er die Pause samt Umweg für den Rückweg. Die erste Patientin am Nachmittag, Claudia Jensen, erwartete er um fünfzehn Uhr. Es blieb ihm genug Zeit, irgendwo eine Kleinigkeit zu essen. Maxim verließ die Klopp-Promenade und ging die Treppe hoch zum Kreisel an der Ledastraße. Gegenüber stand die neue Hotelanlage und im Eck sprang ihm das Saloniki ins Auge, ein Lokal, in dem Imke ein paarmal mit ihm gewesen war. Er bog in die Straße zum Bahnhof ein und sah erneut auf die Uhr. Mit dem Rucksack auf dem Rücken schwitzte er sehr. Er nahm ihn ab und warf ihn wie eine Tasche um die rechte Schulter. Er brauchte ganz wenige Minuten, bis er mit dem Rücken zur Fußgängerzone an der Ampel stand. Die war gerade auf Rot gesprungen, als er sie erreicht hatte. Neben und hinter ihm sammelten sich weitere Menschen. Ein Rad eines Kinderwagens stieß gegen seinen Fuß.

»Entschuldigen Sie. Diese Dinger fahren sich schrecklich.«

Er drehte sich um und sagte zu der Frau mit dem tatsächlich sperrigen Zwillingswagen: »Kein Problem. Möchten Sie vor?«

Die Frau verneinte und tippte in ihr Handy. Er nahm an, dass sie das vorher genauso gemacht hatte, tippen und nicht sehen, wer oder was um einen herum ist. Er versuchte einen Blick auf die Kinder zu bekommen, von denen nichts zu hören war, aber die Öffnung zeigte zur Seite der Mutter. Neben Maxim befand sich ein Ehepaar, eines im Alter von Ubbos Vater, der weit über achtzig war. Sie fassten sich fest an den Händen und sahen dem vorbeirauschenden Verkehr zu, immer in Richtung Bahnhof. Es schien ihnen zu gefallen. Ein Lastwagen näherte sich, dem sie besondere Aufmerksamkeit schenkten. Er tat es ihnen gleich und konnte nicht ausmachen, weshalb sich das Paar, kurz bevor der LKW bei ihnen war, innig zulächelte. Das war das Letzte, was Maxim sah. Das alte Paar, das sich verliebt anlächelte. Dann ein Stoß in den Rücken, der Kinderwagen drückte ihn massiv nach vorne. Er wollte schreien. Weil er den Halt verlor und den Fahrtwind des Lasters an seiner Wange spürte. Er fiel auf die Straße und hörte fremde schreiende Stimmen und Bremsen, die in ihrer Not quietschten. Alles wie gefangen in einer Blase. Bis auf einen Schrei. Ein leiser, dünner, gequälter. Endloser. Bis ihn die Dunkelheit von allen Geräuschen befreite.

*

»Eine Platzwunde, das haben wir gleich. Der Herr scheint sich bei uns wohlzufühlen.«

»Aua!«

»Oh, da ist er ja wieder. Herr Henndorf, Sie hatten einen Unfall. Sie sind in der Klinik. Wissen Sie, welcher Tag heute ist?«

Maxim schaute in die Augen der Ärztin. »Sie?«

Antke Hanken zwinkerte ihm zu. »Ja, ich. Wollen Sie lieber vom Chef behandelt werden? Oder sind Ihnen meine Hände gut genug? Also welchen Tag haben wir heute?«

»Freitag, oder? Habe ich lange geschlafen? Koma oder so etwas?«

»Wie kommen Sie darauf? Freitag stimmt. Ich nehme an, wir meinen den gleichen oder gar selben Freitag.«

»Was ist passiert? Und Freitag … Ach, ich muss zur Post. Das Päckchen für meine Mutter. Und die Rechnungen.« Er hatte großen Durst. »Kann ich Wasser haben?«

»Gleich, Herr Henndorf. Lassen Sie mich die Wunde versorgen, dann gibt Ihnen der Pfleger, Herr Rosenkranz, ein Glas Wasser und anschließend sucht er mit Ihnen nach Ihren persönlichen Dingen. Gewöhnlich legen die Rettungskräfte Taschen und alles andere mit in den Krankenwagen zu den Patienten. Es wird sich alles anfinden. So, fertig. Ihre Hose hat einen Riss. Sonst ist alles ganz geblieben, wie es aussieht. Sie haben sehr viel Glück gehabt.«

Warum schaut sie mich so mitleidsvoll an? Eine Platzwunde, ein Riss in der Hose. Wenn das doch nicht alles war? Wenn er bleibende Schäden hatte, weil ein Laster ihn gestreift hatte? Oder was war geschehen?

Als könnte die Ärztin Maxims Gedanken lesen, sagte sie, als sie ihm half, von der Liege aufzustehen: »Die Polizei erwartet meinen Anruf. Sie werden als Zeuge benötigt. Mehr darf ich nicht sagen.«

Er war verwirrt. Wenigstens tat sein Kopf nicht weh. »Haben Sie mir was gegen den Brummschädel gegeben?«

Sie nickte. »Eine Kleinigkeit, damit Sie über den Tag kommen. Für die Nacht gebe ich Ihnen was mit. Der Hauptkommissar schickt eine Streife. Ich habe gesagt, Sie sollen noch nicht wieder laufen, jedenfalls nicht allein. Die bringen Sie später auch nach Hause. Alles Gute für Sie, Herr Henndorf. Wenn wir uns das nächste Mal sehen, wenn möglich unter anderen Umständen. Sie sollten besser auf sich aufpassen.«

Ihm fiel keine Antwort ein auf all das Gesagte. Er beließ es bei einem »Auf Wiedersehen. Ich gehe dann.«.

»Sie bleiben hier. Ich sagte doch, Sie werden abgeholt. Sie sind ein Zeuge in einem Verkehrsunfall.« Antke Hanken brachte Maxim zu einem Stuhl. »Setzen.«

»Ich wollte meine Post suchen. Ein schwarz-roter Rucksack, das ist alles drin.«

»Und ich sagte, Herr Rosenkranz kümmert sich darum. Die Beschreibung hat er ja nun. Max, entweder unten in der Aufnahme oder in einem der Schwesternzimmer. Danke.«

Maxim sah Max Rosenkranz nach. Ein kräftiger Mann, der ohne Murren den Befehlen der recht schmalen Ärztin folgte. Hierarchien. Gleichberechtigung. Anstand. Ausbildung. Berufung. Einzelne Worte sprangen in seinem Kopf umher. Er spürte sie geradezu plastisch.

»Ich gehe telefonieren. Sie bleiben bitte, wo Sie sind. Und hier das Wasser.« Sie reichte ihm einen Plastikbecher voller stillem Wasser.

Er trank es hastig aus und blieb allein zurück in diesem unwirtlichen Raum. Regalschränke, zwei Liegen, überall Pflaster und Binden. Mehrere Stapel von Kartons mit Einweghandschuhen in den verschiedenen Größen. Gleich zwei große Mülleimer. Er schätzte, da war auch sein Blut an einem der Notverbände, der ihm am Unfallort von irgendeinem Arzt oder Sanitäter gemacht worden war. Unfall, dachte er. Was für ein Unfall? Die Ampel, daran erinnerte er sich. Und an den großen Kinderwagen, an die Mutter mit ihrem Handy. Zu guter Letzt an das alte Pärchen, das er gern angeschaut hatte. Was dann? Er war gefallen. Und es ging ihm gut. Demnach konnte der Unfall nicht besonders schlimm gewesen sein. Wahrscheinlich gab es Vorgaben, wie in so einem Fall verfahren wurde. Schon der Versicherung wegen. Autos. Ja, natürlich. Des Deutschen Liebstes war das Auto. Gab es nicht einen ähnlichen Spruch? Noch als er darüber nachdachte, brachte Max Rosenkranz ihm den Rucksack.

»Danke. Der hat noch weniger als ich abbekommen. Dann kann ich nachher einen neuen Versuch starten.« Maxim schüttelte den Rucksack. »Gut, dass ich meiner Mutter nichts Zerbrechliches gekauft habe.«

Der Pfleger räumte stumm auf.

»Sind Sie aus Ostfriesland?« Wenn er jetzt Ja sagt oder einfach nickt, reiße ich lieber keinen Witz.

Der Pfleger drehte sich zu ihm um. »Herr Henndorf, ich bringe Sie hinunter. Dort wartet der Streifenwagen bereits.«

»Hat Ihnen die Information jemand während des Räumens per Telepathie gesendet?« Irgendwie war Maxim zu Späßen aufgelegt, was ihn wunderte. Eher ungewöhnlich für den ernsthaften Mann. Ob es an der Schmerzmitteldosierung lag?

»Ich fürchte, andere haben das Lachen verloren.« Mehr gab der Pfleger nicht von sich. Ohne ein weiteres Wort geleitete er Maxim in den Empfangsbereich und winkte einer uniformierten Polizistin. Die begrüßte Maxim freundlich. Im Auto saß sie neben dem Fahrer, einem weißhaarigen Mann, der sich nicht vorgestellt hatte. Er saß hinten und wunderte sich über diesen Chauffeurdienst und mehr noch nachwirkend über die merkwürdige Bemerkung von Max Rosenkranz. Sie nahmen den Weg über die Altstadtbrücke und erreichten das Polizeirevier in der Georgstraße. Ole Freerichs wartete vor dem Haus auf ihn. Sein Kollege, Hauke Runge, war eben davongefahren. Ein runder Geburtstag in der Familie. Schilder mussten gemacht werden und der Kranz aufgestellt. Für Hauke war das wichtiger als jeder Fall. Und dieser Fall um den

Psychologen, hatte er kurz vorher in der Besprechung gesagt, war kein Fall. Das war eine Zumutung.

»Da sind Sie ja, Herr Henndorf. Kommen Sie in mein Büro.« Sie gaben sich die Hände und Maxim lief dem Hauptkommissar hinterher.

»Ich komme mir vor wie ein Dackel.«

Ole Freerichs blieb stehen und sah ihn verständnislos an. »Sie gehen vor, ich dackel hinterher. Witzig, oder?« Maxim lachte.

»Was ist witzig? Was ist mit Ihnen?«

Maxim atmete hörbar aus, um das Lachen zu unterdrücken. »Wenn ich das wüsste. Ich glaube, die Oberärztin hat mir was gegeben, was mich irgendwie stimulieren sollte. Wer weiß, was in einem ostfriesischen Krankenhaus, das nah an den Niederlanden liegt, verabreicht wird.«

Freerichs' ungläubiger Blick vertiefte sich. »Sagen Sie mal, geht es Ihnen gut? Was haben die mit Ihnen gemacht? Oder haben Sie sich selbst was eingeworfen?« Er öffnete die Bürotür und zog den Psychologen am Arm zum Besprechungstisch. »Setzen Sie sich. Möchten Sie etwas trinken? Wasser? Tee?«

»Ein Grappa von meinem Schwiegervater wäre mir lieber. Der hat Unmengen davon aus Italien mitgebracht. Ich soll mitfahren im Herbst. Oder im Winter? Oder wann war das? Egal. Wir werden eine ganze Schiffsladung von diesem herrlichen Grappa importieren.« Maxim hörte sich selbst sprechen, als wäre die Stimme die eines anderen und das Gesagte genauso. Grappa? Wasser? »Aber gut, gegen den Durst hilft Wasser.«

Der Hauptkommissar stellte ihm, dabei den Kopf schüttelnd, eine volle Wasserflasche vor die Nase. »Trinken Sie. Vielleicht haben Sie zu wenig Flüssigkeit oder wer weiß was. Versuchen Sie bitte, sich zu konzentrieren. Sie sind ein wichtiger Zeuge.«

Gehorsam öffnete Maxim die Flasche und trank hastig davon. »Sie haben recht. Ich bin vollkommen ausgedörrt. Wie Dörrfleisch. Kennen Sie das? Ist nicht jedermanns Geschmack.«

»Können wir uns dem Grund zuwenden, aus dem Sie bei mir im Büro sitzen? Dörrfleisch, das wird ja immer besser.« Inzwischen war der Hauptkommissar genervt. Der Psychologe hatte entweder bei dem heutigen Unfall mehr abbekommen, als sichtbar gewesen war, oder er hatte mehr von all dem mitbekommen, als ihm lieb war, und verdrängte. Das hatte die Ärztin am Telefon zu ihm gesagt. Dass er womöglich das Geschehnis ausblendete. Glatter Selbstschutz. Oder gab es doch gewisse Beruhigungsmittelchen, die das Gegenteil erzeugten? Er wirkte geradezu aufgedreht. »Trinken Sie weiter. Trinken Sie am besten die ganze Flasche leer.«

Maxim nickte, trank und stellte die leere Flasche auf den Boden. »Ich bin Zeuge, sagen Sie. Wovon? Was ist denn passiert?« Er versuchte, gegen jeden albernen Anflug anzukämpfen. Ein kleines Lächeln am Ende musste wenigstens gestattet sein.

Ole Freerichs hatte das Lächeln nicht gesehen, da er offenkundig damit beschäftigt war, in einem Stapel Unterlagen eine bestimmte Seite zu suchen. »Hier, ich habe es. Sie standen mit anderen Bürgern an der Ampel auf der anderen Seite des Postamtes. Richtig?«

»Ja. Das weiß ich.«

»Sie haben auf das Umspringen der Ampelanlage gewartet. Richtig?«

»Warum steht man sonst an einer Ampel? Wenn ich ein Ampelmännchen …« Er brach den Satz ab. »Ich weiß nicht, was das ist. Ich könnte andauernd loslachen. Weiter. Was ist danach geschehen?«

»Wann danach? Als die Ampel umsprang?«

»Sprang sie denn um? Ich weiß, mich hat ein Rad eines Zwillingswagens gestreift. Am Fuß. Ich drehte mich um. Die Frau hat sich entschuldigt und gemeint, der Kinderwagen wäre sperrig. Den genauen Wortlaut weiß ich nicht mehr. Die Kinder konnte ich nicht sehen. Dann war da ein Pärchen. Sehr alt. Bestimmt nach der Goldenen Hochzeit. Wie frisch Verliebte standen sie da und lächelten. Ein Laster kam, so ein mittelgroßer. Die Alten verfolgten die Fahrzeuge ganz verzückt. Sie machten aus der Situation, in der sie wie alle anderen warteten und die Autos von beiden Seiten an uns vorbeirasten, für sich etwas Wunderbares. Beneidenswert.«

»Doktor Henndorf. Sie wissen wirklich nicht, was heute Mittag um Sie herum geschehen ist. Die Sache ist die, jemand hat von hinten die Frau mit dem Kinderwagen geschubst, sehr kräftig. Ein Mann kam ums Leben, als ein PKW nicht schnell genug bremsen konnte. Der vor ihm fahrende LKW war zum Glück zu schnell unterwegs und erwischte niemanden. Die näheren Umstände werden weiter untersucht. Was wir wissen müssen: Haben Sie jemanden gesehen hinter dieser Frau mit dem Kinderwagen? Sie hat ausgesagt, dass Sie sich umgedreht hätten. Deshalb war ihre Idee, Sie könnten den, der für den Unfall verantwortlich ist, gesehen haben. Ein Mensch ist gestorben. Unsere Aufgabe ist es zu ermitteln, ob es sich um fahrlässige Tötung oder um mehr handelt. Mord ist nicht auszuschließen.«

Maxim hatte dem Hauptkommissar aufmerksam zugehört. Jedes Wort war in ihn eingedrungen. Als Ole Freerichs »Mord« sagte, wurde ihm übel. Er erwiderte: »Ich habe einen dünnen Schrei gehört. Eine Frau schrie. Sie schrie mir nach in die Dunkelheit. Sie hat gewollt, dass ich den Schrei mitnehme. Bestimmt. Wer ist gestorben? Wer ist heute Mittag gestorben?«

Der Hauptkommissar war erstaunt über die Reaktion des Psychologen. Ihm standen Tränen in den Augen und eine große Verzweiflung überschattete das vor wenigen Minuten noch fröhliche Gesicht. »Ein älterer Herr. Mehr darf ich derzeit nicht sagen.«

»Die Frau hat geschrien. Ich weiß es. Das verliebte Pärchen, glücklich vereint auch im hohen Alter. Sagen Sie mir den Namen und die Adresse. Ich muss zu ihr. Ich kann ihr helfen. Ich weiß es.«

»Herr Henndorf. Beruhigen Sie sich erst einmal. Ich muss Ihre Aussage aufnehmen und bitte, strengen Sie sich an.

Erinnern Sie sich an jeden Menschen, den Sie dort gesehen haben. Es gibt jemanden, der es auf Sie abgesehen hat. Ich glaube nicht mehr an den zufälligen Überfall im Park, nicht an einen unglücklichen Fehltritt an der Kaimauer und erst recht nicht daran, dass der heutige schreckliche Vorfall ein Verkehrsunfall war. Es sollte Sie treffen. Ich bin davon überzeugt. Und Sie gehen mal in sich. Hier, ein großes Blatt Papier. Schreiben Sie alles auf, woran Sie sich erinnern. Jede Kleinigkeit ist wichtig. Und ein zweites Blatt. Da brauche ich Ihre Patientennamen. Die aktuellen, die früheren. Vor allem die, bei denen es Probleme gab. Die schwierigen Fälle zuerst. Sie müssen uns helfen. Kommen Sie jetzt nicht mit Schweigepflicht und dem Kram. Sonst kratzen wir Sie demnächst von der Straße, so wie es die Kollegen mit dem alten Mann heute gemacht haben. Kein schöner Anblick. Das können Sie mir glauben.« Der Hauptkommissar übertrieb absichtlich. Er wusste, wie diese Berufsgruppen tickten. Sie taten geradezu katholisch, wenn es um ihre Patienten ging.

»Lassen Sie das. Ich kann mir allein zu gut vorstellen, was mit dem armen Mann geschehen ist. Sie haben keine Ahnung, wie gut meine Vorstellungskraft ist. Seien Sie froh, Gedanken zu haben, die sich nicht plastisch vor Ihnen ausbreiten wie eine Invasion von Ameisen. Die dann emsig alles auf den Kopf stellen und nichts lassen, wie es war. Glauben Sie mir, Herr Freerichs. Ich wäre gern so einfach gestrickt wie die meisten anderen Menschen auf dieser Welt.« Er nahm einen Stift und begann aufzuschreiben, woran er sich erinnerte. Es war viel und wenn er sich Zeit ließ, würde ihm weit mehr einfallen. Mit Abstand gelang ihm das am besten. Jedoch hatte er nicht vor, das dem Hauptkommissar zu erzählen. »Fertig. Ich hoffe, Sie können damit mehr anfangen als ich. Denn mir waren alle an der Ampel stehenden Menschen unbekannt. Keinem war ich zuvor begegnet. Zumindest nicht bewusst.« Er stand auf.

»Halt. Und die Namen? Ich brauche die Namen Ihrer Patienten?«

»Das darf ich nicht. Ich verliere meine Zulassung, wenn ich Ihnen Namen und andere Daten nenne. Da braucht es schon einen offiziellen Weg.«

»Wie Sie meinen, Herr Doktor Henndorf. Die Frau des Mannes, der wahrscheinlich statt Ihrer heute gestorben ist, wird sich wundern über Ihren Mangel an Kooperation.« Ole Freerichs war sauer und obwohl er wusste, der Psychologe durfte nicht anders handeln, empfand er ihn einfach als zu aufgeblasen und viel zu großspurig.

»Sie können mich mal!« Maxim hatte die Nase voll. Jetzt kam der Hauptkommissar mit solch billigem Trick daher, den jeder Idiot durchschaut hätte. »Ich bin das mögliche Opfer. Ich habe mir nichts zuschulden kommen lassen und bisher habe ich Ihnen, wenn auch nicht mit großem Eifer, Auskunft gegeben. Geholfen hat das nichts. Im Gegenteil: Ein Mann ist gestorben. Obwohl Sie wussten, dass jemand hinter mir her ist. Oder? Wer hat denn jetzt den armen Mann auf dem Gewissen?« Er war ungerecht, mehr, als gut war. Er versuchte, dem Gesagten die Schärfe zu nehmen: »Weder Sie noch ich haben Schuld an dem Tod des alten Mannes. Der, der hinter mir her ist, muss zur Verantwortung gezogen werden. Ich mache mir Gedanken, ob einer aus meinem Umfeld zu solch einer Tat fähig ist. Mehr kann ich nicht tun.« Maxim nickte dem Hauptkommissar zu und verließ das Büro.

»Halt! Sie können nicht allein gehen. Ich habe Personenschutz beantragt und warte auf die Genehmigung. Bis dahin nehme ich das auf meine Kappe.« Ole Freerichs' Stimme hallte zu ihm. »Ich rufe eben die nächste Streife, die bringen Sie nach Hause. Und werden sich vor Ihrer Tür postieren.«

Maxim war weitergegangen. Die Treppe hinunter, direkt an die frische Luft. Es war Abend geworden. Die Sonne verschwand langsam im Westen. Die Wärme blieb und mit ihr der Gedanke an den hinter dem Horizont langsam verschwindenden Tag. Er verspürte den Drang zu laufen. Bis zu den roten Linien in die Unendlichkeit. Er schulterte den

Rucksack und lief los. Die Richtung war klar, das Ziel auch, der Weg hingegen war weitestgehend unbekannt.

Kapitel 11

Er fühlte sich vom Pech verfolgt. Es war einfach gewesen. Und sicher. Er hatte sich eine Stelle ausgesucht, an der nichts schiefgehen konnte. Wie im Park und an der Leda. Im Irrenhaus sowieso. Er saß auf seinem Stammplatz und wartete auf ihn. Auf das Schwein. Im Krankenhaus war er nicht. Nicht mehr. Ein paar mehr Blessuren hätte er haben können. Haben müssen. Haben sollen. Der Mann rieb sich die linke Faust. Von wegen stumpfer Gegenstand. Demnächst wird er die hier spüren. Einmal, zweimal, immer wieder.

Ein Streifenwagen. Also haben sie es endlich kapiert. Dass das Schwein gemeint war. Und gemeint ist. Wenn die sich die ganze Zeit unauffällig vor seinem Haus postieren, wird bald jeder begreifen, dass so jemandem nicht über den Weg zu trauen ist. Sie werden wegbleiben. Sie werden ihm nicht mehr vertrauen. Niemand. Er wird alles verlieren. Jede Sekunde soll sich ihm einbrennen. Jede Sekunde, in der er anderer Leben gestohlen hat.

Kapitel 12

»Hauke, wir müssen uns mit dem Personenschutz abwechseln, bis die ganze Aktion genehmigt ist. Es darf nicht noch einer sterben.«

»Personenschutz? Für den? Weißt du, für den ist ein anderer gestorben. Stell dir das mal vor. Und wir sollen ihn dafür belohnen?« Hauke Runge war sehr verärgert über den Anruf seines Kollegen. »Ich habe Feierabend. Bis Montag. Tschüss!«

Ole Freerichs konnte es nicht fassen. Was gab der für einen gefährlichen Unsinn von sich. Er musste das melden. Eigentlich. Aber vorher würde er bei ihm vorbeifahren und seinem langjährigen Partner die Meinung sagen.

Im Auto dachte er an seine Familie. Mal wieder ein Samstag ohne ihn. Unter Umständen das ganze Wochenende. Die Kinder und auch Marike lagen noch in ihren Betten, als er am Morgen nach einem einsamen kurzen Frühstück aufgebrochen war. Er sah sie immer weniger. Wenn er zu Hause war, waren die Kinder entweder schon im Bett oder machten ihr eigenes Ding. Und Marike? Manchmal kam es ihm vor, als wären sie lediglich eine Wohngemeinschaft. Zu der er allerdings am wenigsten beitrug. Das sollte anders werden. Unbedingt. Wie vieles andere auch. Er hatte sich vorgenommen, öfter mit dem Rad zu fahren. Aber … Das große Aber kam ihm stets dazwischen. Die Entfernung war es nicht. Die Strecke von Backemoor nach Leer war selbst für einen unsportlichen Mann wie ihn erträglich. Ein paar Mal hatte er es geschafft. Bis die Ausreden kamen, jeden Tag eine andere. Marike stellte ihm das Fahrrad morgens absichtlich vor das Auto. Manchmal. Ausgerechnet heute. Wo er es wirklich eilig hatte. Die Kollegen hatten berichtet, dass alles ruhig war am Haus von Henndorf, allerdings war der erst kurz vor Mitternacht aufgetaucht, nachdem er sich für ein paar Stunden dem Personenschutz entzogen hatte. Das durfte sich nicht wieder abspielen. Der Mann hatte es scheinbar nicht verstanden, wie gefährlich er im Moment lebte. Ole Freerichs erreichte das gepflegte Grundstück seines Kollegen in Heisfelde. Er parkte quer vor der Ausfahrt. Der sollte nicht denken, er könnte ihm entwischen, um hinterher so tun zu können, als hätte er von nichts gewusst. Er hörte aus dem Garten unterschiedliche Männerstimmen. Dieser idiotische runde Geburtstag. Wer war das noch? Sein Schwager? Hoffentlich hatte Hauke noch nichts getrunken. Als er neben der kleinen Garage auf den hinteren Bereich des Grundstücks kam, sah er die Männer zu den Stimmen. Einige von ihnen hatten scheinbar sehr früh mit dem Trinken begonnen.

»Hauke, komm mal kurz. Wir müssen reden.«

Hauke reagierte langsam, wie es seine Art war. Sie saßen um einen langen Tisch und hoben bei Oles Anblick die Schnapsgläser. »Willst du auch einen? Morgen ist Markos großer Tag und bis dahin haben wir einiges vor.«

Ole kannte Marko von Geburtstagen, an denen er eingeladen war. Marko war der Mann von Haukes Schwester Monika und sie wohnten nebeneinander. Hauke hatte eine große Familie und alle wohnten, wenn nicht in Heisfelde, dann im Umkreis von wenigen Kilometern. Ole winkte Marko zu, rief: »Gratulieren darf man ja noch nicht.« und »Ne, ich bin im Dienst.«

Hauke bequemte sich, endlich aufzustehen. »Sei kein Spielverderber. Heute ist Wochenende.«

»Genau. Und am Wochenende machen die Verbrecher Pause. Sonst gibt's was auf die Nase.« Der das sagte, war Ole nicht bekannt. Wahrscheinlich ein Nachbar. Oder ein Feriengast von Monika. Sie und Marko vermieteten eine kleine Wohnung für Urlauber.

»Wenn ihr wem was auf die Nase gebt, muss ich euch einsperren. Keine schöne Aussicht, den Geburtstag in einer Zelle zu verbringen.« Oles Geduld hing am seidenen Faden. »Hauke, wir müssen uns unterhalten. Jetzt.«

Hauke sah ihn missmutig an, nickte in die Runde und kam zu ihm. »Lass uns vors Haus gehen. Du bist eine Spaßbremse.

Mensch, das ist Familie. Marko wird morgen fünfzig Jahre alt. Wir müssen die Schilder alle aufstellen. Wenn du nicht so ein Langweiler wärst, würdest du dich zu uns setzen und mitmachen.«

»Langweiler? Weil ich meinen Beruf ernst nehme? Weil ich nicht wie du die Monate bis zur Pensionierung zähle? Weil ich nicht will, dass ein Mensch stirbt? Du warst mal ein guter Polizist. Lang ist's her. Du bist lahm, du schaust weg. Wenn es nach dir ginge, würden wir Dienst schieben wie eine Apotheke. Allerdings ohne Notdienst und am Samstag gäbe es ebenfalls keine Pillen. Wenn das alles wäre, würde ich nichts sagen. Doch seit es dir egal ist, ob einer hinter einem her ist, und du dich hinstellst und sagst, der hätte das auch noch verdient, ist bei mir Schluss, was dich betrifft. Ich werde Meldung machen. Du bist ein richtiger Arsch geworden.« Am liebsten hätte er laut geschrien, aber er riss sich zusammen.

Hauke starrte ihn ungläubig an. »Du willst mich anscheißen? Spinnst du?« Er sagte etwas auf Plattdeutsch, was Ole nicht verstand. Sein Platt war nie gut gewesen.

»Sprich in einer Sprache mit mir, die ich verstehe. Aber du bist nicht nur ein schlechter Polizist, du bist auch noch feige.«

»Haal dien Muul!«

»Das habe ich verstanden. Ich werde nicht meinen Mund halten. Ich gebe dir eine letzte Chance. Sieh zu, wie du nüchtern wirst, und melde dich bei mir. Maxim Henndorf wird von einem Verrückten gejagt. Einen Toten haben wir schon. Willst du zusehen, wie der Mörder sich weitere Opfer sucht? Ich nicht! Ich fahre in die Altstadt und löse die Streife ab. Die haben das außerhalb ihres Dienstes gemacht. Aus Kollegialität. Und weil sie wissen, was auf dem Spiel steht. Ich habe keine Ahnung, ob wir einen Personenschutz bekommen, ich weiß, wir brauchen einen. Maxim Henndorf wird sonst nicht mehr lange am Leben bleiben.«

Er setzte sich in den Wagen, ohne abzuwarten, ob und was Hauke sagen würde, und fuhr in die Stadt zurück. Ole erkundigte sich telefonisch nach dem Aufenthaltsort des

Psychologen. Er wäre zu Hause, hieß es. Ein älterer, sehr groß gewachsener Mann wäre bei ihm. Ole wusste sofort, um wen es sich bei der Beschreibung handelte, und drückte aufs Gaspedal. Ubbo Niersen wollte er unbedingt treffen. Es brauchte verlässliche Partner für eine unorthodoxe Überwachung.

*

Maxim Henndorf war nicht davon zu überzeugen. Er wollte keinen Personenschutz. Er weigerte sich sogar, über den möglichen Täter zu sprechen. Und er war gewillt, das Gespräch abzuwürgen.

»Sie haben Glück, dass Ubbo Ihnen überhaupt die Tür geöffnet hat. Und wenn ich noch mal ein Polizeiauto auffällig nahe meines Hauses stundenlang parken sehe, zeige ich Sie an. Meinen Sie, meine Patienten möchten überwacht werden? Ich habe eine Kamera in der Hand eines Ihrer Kollegen gesehen. Die machen Fotos. Ist das rechtlich gestattet? Wenn Sie nicht damit aufhören, werde ich all meine Patienten verlieren. Ist das in Ihrem Sinn?«

»In meinem Sinn? Wie kommen Sie darauf? Und ehrlich gesagt, Sie haben momentan ein größeres Problem, als dass Ihre Patienten wegblieben. Ihr Leben steht auf dem Spiel!«

»Das ist mein Problem. Nicht Ihres!« Maxim sah empört zwischen dem Hauptkommissar und Ubbo hin und her. »Bin ich ein unmündiger Junge? Was wollen Sie? Es ist mein Leben. Mein Leben und alles, was mich betrifft, geht euch einen Dreck an!« Er sprach selten in der Art mit anderen. Meist hatte er sich im Griff. Es kam vor, dass Patienten ihn verbal angriffen, weil sie überfordert waren, damit hatte er gelernt umzugehen. Jetzt fühlte er sich überfordert, aber nicht erst seit den letzten Tagen. Seit Imke fort war, hatte er das Gefühl, zu ertrinken. Was sogar fast Wirklichkeit geworden wäre. Dann hätte es keine weiteren Attacken gegeben. »Der alte Mann ist statt meiner gestorben. Das wissen wir alle. Sie müssen nicht tun, als ob das eine verzeihliche Kleinigkeit wäre. Wenn ich nicht wäre, würde die bis gestern Mittag unbändig glückliche Frau nicht um ihren Mann trauern. Also, es ist meine Sache, was ich mit meinem Leben anfange. Klar? Ich will keinen Schutz. Ich werde selbst etwas unternehmen.«

Das fehlte Ole Freerichs unbedingt zu seinem Glück. Ein Ziviler, der auf eigene Faust ermittelte. Was sollte dabei herauskommen? »Davor muss ich Sie eindringlich warnen, Herr Henndorf. Sie bringen sich und unter Umständen andere Menschen in Gefahr. Sie haben keine Ausbildung, Sie haben nicht den Ermittlungsstand, den wir haben. Sie wissen nichts.«

»Was ja nicht viel weniger wäre, als was Sie und Ihre Kollegen wissen, oder? Gibt es inzwischen Erkenntnisse, wer und warum jemand hinter mir her ist? Gestern wollten Sie unbedingt meine vertraulichen Daten haben. Heute haben Sie nicht einmal danach gefragt. Entweder ist Ihnen klar, sie nicht von mir zu bekommen, oder Sie haben mich angezapft. Wogegen ich aufs Schärfste protestiere. Noch kann ich mir einen Anwalt leisten. Und ich zögere nicht, den auf Sie zu hetzen.«

»Maxim! Was soll das? Man könnte meinen, du willst gar keine Aufklärung. Ein Mann ist tot, du wurdest mehrfach verletzt. Reicht das nicht?«

Maxim beachtete den Einwand von Ubbo nicht. Er hatte sich vorgenommen, Ubbos Einfluss auf sein Leben zu minimieren. Vielleicht war Imkes Vater der einzige Grund, warum er noch immer lebte. Er mochte ihn sehr und wollte nicht, dass Ubbo noch einmal einen geliebten Menschen verlor. Er hatte Rücksicht genommen, die ganze Zeit über. Was ihn Kraft gekostet hatte. Jeden Tag. Ein nicht gewolltes Leben zu leben war kraftraubend.

»Herr Freerichs, gehen Sie. Niemand muss auf mich aufpassen. Und tun Sie mir einen Gefallen, nehmen Sie meinen Schwiegervater gleich mit.«

*

»Ein perfekter Ort, um ihn im Auge zu behalten. Und das Essen ist ganz gut. Ich befürchte, ihm ist sein Leben nicht wichtig genug. Seit dem Tod meiner Tochter führt er ein merkwürdiges und sehr zurückgezogenes Leben. Er kann nicht loslassen. Ich denke, er ist schwer depressiv.«

Ole saß neben Ubbo und hörte zu. Er hoffte, mehr zu erfahren. Hintergründe und vor allem potentielle Täter.

»Er will keine Therapie, er will seine Ruhe. Und wenn der, wer auch immer das ist, nicht aufhört, wird Maxim sterben.«

»Ich denke laut: Können wir ihn einweisen lassen? Er will keinen Personenschutz, er ist nicht bereit zu kooperieren. Er trauert um seine Frau. Reicht das? Wenn er für eine Weile in eine geschlossene Abteilung käme, könnte ich in Ruhe ermitteln.«

Ubbo sah den Hauptkommissar entsetzt an: »Das ist Ihr Ernst? Meinen Jungen in die Klapsmühle stecken, damit Sie in ostfriesischer Bedächtigkeit ermitteln können? Nur über meine Leiche!«

»Sie wissen was von der hiesigen Bedächtigkeit, was? Keine Pauschalisierung. Sie sind selbst Ostfriese, sonst müsste ich beleidigt sein. Und das eben war bloß ein lauter Gedanke. Mehr nicht. Ich muss Ihren Jungen, wie Sie ihn nennen, schützen. Er will es nicht, im Gegenteil. Ich muss an die Patientendaten kommen. Inoffiziell. Offiziell liegt mir keine Ermächtigung vor.«

»Das kann ich nicht machen. Er vertraut mir. Ich will sein Vertrauen nicht missbrauchen.« Ubbo fragte sich, ob nicht allein das Zusammensitzen und Beratschlagen mit dem Hauptkommissar ein Vertrauensbruch war. Wenn Maxim sie beide zusammensitzen sehen würde, wäre es aus mit ihrer Freundschaft.

»Ja, er vertraut Ihnen. Zu Recht. Sie sind Familie und Freund, wenn ich das richtig sehe. Er hat sonst keine Familie in der Nähe?«

Worauf wollte der Freerichs bloß hinaus? Ubbo kratzte sich am Kopf. »Na und? Er hat mich. Das reicht ihm. Ist das ein Verbrechen?«

»Heißt das, er hat keine weiteren Freunde? Er ist absolut allein und kann sich niemandem außer Ihnen anvertrauen?«

Der ließ nicht locker. Ubbo kratzte sich noch einmal. »Keine Spielchen. Er ist allein. Ich auch. Sie haben Frau und Kinder, seien Sie froh. Er hatte Imke und war glücklich. Imke hatte Freunde. Ich nehme mal an, dass er ein paar von ihnen ab und zu trifft. Daniela zum Beispiel ist eine Freundin.«

»Daniela, die bei ihm arbeitet?«

»Sie war die beste Freundin meiner Tochter.«

»Sie wissen, was ich meine. Zu wem geht er in der Not? Zu Ihnen, nehme ich an. Sie missbrauchen sein Vertrauen nicht. Sie helfen ihm. Er selbst ist momentan nicht in der Verfassung, die richtigen Entscheidungen zu treffen.«

»Holen Sie sich die Akten. Gehen Sie rein, wenn er nicht da ist. Wie man in ein Haus unbemerkt hineinkommt, lernt man sicher auf jeder Polizeischule. Notfalls kann ich Ihnen einen Schlüssel hinterlegen.«

»Ach, das können Sie? Aber Sie können mir nicht vollkommen gefahrlos eine Patientenliste zukommen lassen? Stattdessen soll ich einen Einbruch verüben? Denn Sie werden bestimmt nicht zugeben, daran beteiligt zu sein. Übrigens: Ein paar Namen habe ich bereits. Die werden parallel überprüft. Wenn wir Glück haben, ist der Täter dabei.« Er sagte nicht, wie er an die Daten gekommen war. Er hatte den Rucksack am gestrigen Tag überprüfen lassen. Noch im Krankenhaus.

»Ich frage lieber nicht, wie Sie bei dem strengen Datenschutz daran gekommen sind.«

»Hören wir auf mit dem Geplänkel. Sie wollen Herrn Henndorf nicht hintergehen. Gut. Dann überzeugen Sie ihn zur Mitarbeit. Irgendwie. Sonst wird es weitere Mordversuche geben. Darauf können Sie Gift nehmen!«

Ubbo Niersen war nicht wohl bei dem Gedanken, noch einmal zu Maxim zurückzukehren und ihn erneut zu bedrängen. Gern hätte er ihn geschüttelt, damit er zur Vernunft kam. Sprich, dass er ins Leben zurückkehrte. In sein eigenes und es zuließ. »Mir bleibt nichts anderes übrig. Ich muss wohl. Ich starte noch einen Versuch.«

»Und unzählige weitere Versuche, nehme ich an. Keiner von uns beiden könnte es sich verzeihen, wenn Ihrem Schwiegersohn etwas zustieße. Ich schiebe Wache, Sie starten den Versuch.« Er reichte Ubbo die Hand. »Lassen Sie uns gemeinsam die Sache zu einem guten Ende bringen, bevor sie weiter aus dem Ruder läuft und unbeteiligte Menschen zu Schaden kommen.«

»Tut mir leid. Ich verrate ihn nicht. Hinter seinem Rücken kann ich nichts unternehmen. Wenn er seine Meinung ändert, bin ich dabei. Wünschen Sie mir Glück. Ich gebe mein Bestes. Darauf können Sie wetten. Und darauf schlage ich ein.« Er schüttelte kräftig Ole Freerichs' Hand. »Wo ist eigentlich Hauke?«

Kapitel 13

Jemand klopfte kräftig an eines der unteren Fenster. Dann rief ein Mann etwas. Maxim verstand es nicht. Er hatte keine Lust aufzustehen. Die Diskussion mit Ubbo war gestern sehr unfreundlich ausgegangen. Der hatte was von Einweisung gesagt und dass das eben die einzige Möglichkeit wäre, sollte Maxim nicht zur Vernunft kommen, ihn nicht nur vor einem Irren, der ihn zweifelsohne verfolgte, sondern genauso vor sich selbst zu schützen. Er hatte ihn rausgeworfen, ohne ein weiteres Wort. Später hatte er ein Schreiben aufgesetzt, in dem er die Wohnung und die Praxisräume kündigte. Das lag frankiert auf der Kommode im Flur und wartete darauf, per Einschreiben an die Adresse von Ubbo Niersen geschickt zu werden.

»Hallo! Sind Sie da? Machen Sie auf!«

Eine aufgeregte Frauenstimme, kein Zweifel. Laut und ungestüm.

»Herr Henndorf, Sie sind da? Hallo!« Sie zog das Wort lang auseinander. Er stellte sich vor, wie sie ihre Hände zu einem Trichter geformt hielt, um den Hall zu verstärken.

»Ist ja schon gut.« Er wusste, sie konnte das nicht hören. Wenn das Biggi oder Helga war, würde er sie eigenhändig erwürgen.

»Herr Henndorf! Machen Sie auf. Ich weiß, Sie sind da. Ich bin es, Hauptkommissar Freerichs.«

Auch der rief, oder war es schon ein Schreien? Was wollen die mitten in der Nacht von mir? Es ist so weit und ich werde in die nächste Klinik gebracht? Maxim stieß gegen das Regal, als er aufstand und im Dunkeln den Weg nach unten suchte. Anstatt die Haustür zu öffnen, an der ununterbrochen geklopft wurde, griff er sich das Telefon.

»Ich bin es, Ihre Nachbarin. Klümer, Heike Klümer. Kommen Sie raus da. Ich kann Sie sehen. Nicht telefonieren. Nein!«

Sie jagte Maxim mit ihren herzergreifenden Rufen einen gewaltigen Schrecken ein. Er warf das Telefon weit von sich, als ginge direkt davon eine unmittelbare Gefahr aus.

Er fasste sich und schloss auf: »Was ist denn? Herr Hauptkommissar.«

Der riss seine Faust, als sie zu einem weiteren Schlag gegen die schwere Holztür ausholte, gerade rechtzeitig zurück. »Endlich. Kommen Sie.« Er zog ihn mit sich, ohne darauf zu achten, was Maxim anhatte, durch die Einfahrt zur Straße. Frau Klümer an der anderen Hand. Dort wartete bereits eine Traube Menschen, wie er in Nachtkleidung. »Gehen Sie alle mit meinen Kollegen. Sie müssen sich keine Sorgen machen. Das Rathaus sollte bald aufgeschlossen werden. Die Feuerwehr ist unterwegs.« Er hastete zurück.

»Das ist mein Mann, der Klaus. Sie kennen ihn bestimmt.« Die kleine Frau zog Maxim neben einen Herrn, der sich die Schlafanzughose mit einer Hand festhielt. Sie nickten sich zu.

»Wir bleiben am besten zusammen.« Heike Klümer fasste den Psychologen noch fester. »Du nimmst die andere Seite, Klaus.« So folgten sie der Gruppe, die aussah, als würde sie eine Pyjamastadtführung durch das nächtliche Leer bekommen.

»Herr Henndorf, Sie haben einen tiefen Schlaf. Wir haben eine Ewigkeit versucht, Sie zu wecken. Ich habe ja gesagt, Sie sind nicht da. Doch der Hauptkommissar war sich dessen sicher.« Heike Klümer, eine sehr kleine Frau, die mit ihrem Mann im Nebenhaus in der Unterwohnung lebte, schwatzte aufgeregt. »Haben Sie nichts gerochen? Aus Ihrem Haus stinkt es. Mörderisch. Von wegen Gas stinkt nicht.«

»Gas? Es tritt Gas in meinem Haus aus?«

Sie und ihr Mann nickten heftig.

»Wir haben gleich alle geweckt und gerufen. Der Herr Hauptkommissar war in einer Minute da, wir hatten gerade den Notruf gesetzt. Wie gesagt, bei Ihnen habe ich aufgegeben. Heike ist hartnäckiger. Wenn das in die Luft geht, bleibt nix übrig.« Klaus Klümer schaute streng. »Haben Sie was damit zu tun? Oder einer Ihrer Leute, die da immer so kommen? Jeder Psycho ist nicht gleich ein Irrer, doch bei einigen bin ich mir da wenig sicher.«

»Klaus, jetzt lass das. Das ist peinlich.« Sie zog ihren Mann weg zu einem anderen Pärchen, das Maxim nur vom Sehen kannte. Mindestens vierzig Leute standen an den Treppen zum Rathaus.

Ein Polizist in Uniform rief vom Waageufer: »Hierüber. Kommen Sie. Es müssen mehr Menschen evakuiert werden.«

In dem Augenblick drangen die Sirenen von Feuerwehrfahrzeugen zu ihnen.

»Das hat gedauert. Wo kommen die her? Wie lange sollen wir draußen rumstehen? Die haben Glück, dass Sommer ist.« Einer der Umstehenden schimpfte.

Heike Klümer schien alle Umstehenden zu kennen und mischte sich ein. »Wir stehen nicht mal zehn Minuten draußen. Stell dich nicht so an. Wir haben Glück, dass uns nichts passiert ist.«

Ein etwa zehnjähriges Mädchen weinte. Seine Mutter zeigte zur Altstadtbrücke. »Da kommen Sie. Mit einem Großaufgebot. Wie sollen die alle durchkommen?«

Die Evakuierten hatten inzwischen die Straßenseite gewechselt, und der Polizist passte auf, dass niemand den verschiedenen Einsatzwagen in die Quere kam.

Die Gruppe schwieg. Erst mit dem Eintreffen der Feuerwehr war allen klar geworden, worum es ging. Das weinende Mädchen brach das Schweigen: »Mama, geht alles kaputt, was uns gehört? Und wo ist Hansi?« Sie weinte lauter.

»Ach Kindchen.« Heike Klümer begann ebenfalls zu weinen. Klaus legte seiner Frau liebevoll den Arm um die Schulter. »Das wird schon. Wir haben immer Glück gehabt, Mäuschen.«

Auch andere nahmen sich gegenseitig in den Arm oder sprachen beruhigende Worte. Niemand stand allein. Bis auf Maxim Henndorf. Es war, als hätte er eine ansteckende Krankheit. Keiner wollte neben ihm stehen. Die Worte von Klaus Klümer zeigten ihre Wirkung. Obwohl es nicht kalt war, begann er zu frösteln. Manche der Leute hatten Decken um ihre Körper geschlungen, sehr gern hätte Maxim gewusst, wo diese zu bekommen seien. Er suchte einen Menschen, den er danach fragen konnte. Der Polizist war beschäftigt. Die anderen waren fern für ihn, nicht erreichbar. Es bestand nicht allein ein optischer Abstand. Er war auf der einen Seite, alle Nachbarn gemeinsam gegen ihn auf der anderen. Er ging hinunter zum Wasser und verschwand in der Dunkelheit.

Nach regem Kommen begann schon bald das Gehen. Was hieß, die Fahrzeuge stellten ihre Signale ab und eines nach dem anderen machte sich auf die Rückfahrt. Die Wartenden fassten neuen Mut, anscheinend war es nicht so schlimm, wie alle angenommen hatten. Es breiteten sich Vermutungen aus. Auch das Wort »Probealarm« fiel. Einer lachte und fasste sich an den Kopf: »Probealarm in der Altstadt von Leer. Eher ein verkackter Anschlag. Terror und so. Diese Mischungen in den Bomben stinken bestimmt auch. Ihr wisst schon! Oder Giftgas!« Er war ganz begeistert von seinen Vorschlägen. Einige stimmten zu, andere widersprachen, andere behielten ihre Meinung für sich.

Erst als der Polizist, der sie betreute, ihnen zurief: »Sie können bald wieder in Ihre Häuser. Das Leck ist gefunden. Es besteht keine Gefahr mehr.«, waren sie wirklich beruhigt. Auf ihre Fragen nach der Ursache gab er zwar keine Antwort, doch das würden sie am nächsten Tag in der Zeitung lesen.

Kapitel 14

»Herr Henndorf! Bleiben Sie stehen! Ich muss ganz dringend mit Ihnen reden.«

Maxim wäre zu gern weitergelaufen. Er wollte nicht mit dem Hauptkommissar sprechen. Er konnte sich denken, was der wollte. Aber selbst seine gute Kondition würde ihn irgendwann in die Arme der Polizisten treiben. Dessen war er sicher. Denn Freerichs hatte sich bereits in ihn verbissen und er musste sich eingestehen, dass der damit gar nicht mal falschlag. Im Gegenteil: Wenn das Gas aus seinem Hausanschluss geströmt war, musste er sich damit auseinandersetzen. Weglaufen brachte rein gar nichts. Leider. Er blieb stehen, wartete kurz, überwand sich und ging dem Hauptkommissar entgegen, der mit einer Taschenlampe in der Hand mühsam die Straße Am Alten Handelshafen beleuchtete und nach Atem rang.

»Mensch.« Er ächzte, als der Psychologe neben ihm stand. »Sie halten mich auf Trab. So ein Fall ist mir in meiner gesamten Laufbahn noch nicht über den Weg gelaufen.«

Maxim verkniff sich die Entgegnung, dass ein Fall nicht über einen Weg laufen kann. Imke hätte dem ordentlich was erzählt. Stattdessen sagte er: »Für mich ist es auch das erste Mal.«

»Machen Sie keine Witze. Sie sollten samt Ihrem Haus in die Luft gehen. Und wie das in der eng bebauten Altstadt ausgegangen wäre, können Sie sich vermutlich vorstellen. Mit Ihnen hätten andere den Tod gefunden. Wir haben es hier mit einem Täter ohne Gewissen zu tun. Und Sie sollten endlich zur Vernunft kommen! Personenschutz rund um die Uhr und fertig.«

Maxim verkniff sich eine weitere Bemerkung, eine wie: Ihr Personenschutz hat das Manipulieren meiner Gasleitung nicht verhindern können. Er sparte sich das, weil er wusste, es würde nichts bringen. Und vielleicht sollte er darauf eingehen und den Schutz annehmen. Und der Polizei zuarbeiten. »Gut, beschützen Sie mich. Und ich schaue, wer infrage kommt für all das. Ob ich jemanden kenne, der fähig wäre zu solchen Taten.«

»Glauben Sie mir, fähig ist grundsätzlich jeder. Es gibt keine gebürtigen Verbrecher. Sie werden erst im Laufe ihres Lebens zu diesen.«

Maxim seufzte leise und versuchte geduldig zu bleiben beziehungsweise es zu werden, was ihm äußerst schwerfiel. »Es freut mich, wie Sie über die Menschen denken. Ich fürchte, es gibt zahlreiche Polizisten, denen der Glaube an so etwas verloren gegangen ist. Ich werde meine Unterlagen studieren. Ich werde sie Ihnen nicht geben. Das geht nicht. Kann ich zurück in mein Haus?«

Nun seufzte Freerichs. Es klang ehrlich nach Bedauern. »Das tut mir leid. Die Spurensicherung wird eine ganze Weile brauchen, wahrscheinlich bis zum Morgen. Ich bringe Sie zu Herrn Niersen. Oder möchten Sie woanders hin?«

»In eine Zelle vielleicht? Ich habe mein Schlafzeug an, ich habe weder Geld noch Papiere. Wo, meinen Sie, kann ich in diesem Aufzug hin? Da bleibt nur Ubbo.«

»Dann kommen Sie. Ich lasse mir meinen Wagen bringen. Und morgen früh bringt Sie ein Kollege in Ihr Haus, damit Sie sich Kleidung, Papiere und vor allem auch die Patientenunterlagen holen können.« Er telefonierte kurz. »Geregelt. Ich habe darum gebeten, niemand etwas über Ihren Aufenthaltsort zu sagen. Heute Nacht brauchen wir statt einer neuen Aufregung eine Mütze Schlaf. Morgen organisiere ich den Personenschutz und wir überlegen, ob es nicht sinnvoll ist, Sie in einer geschützten Wohnung unterzubringen. Wie es aussieht, hat sich jemand Zutritt verschafft, obwohl Sie neue Sicherheitsschlösser haben. Ich brauche die Namen aller Personen, die einen Schlüssel zu Ihrem Haus haben. Und die Namen derer Angehörigen. Ihr Vermieter ist Ubbo Niersen?« Er redete weiter, während sie auf das Auto warteten. »Ubbo Niersen hat keinen Grund, Ihnen etwas anzutun. Oder?« Eine Frage, die ihm gerade eben eingefallen war. Bisher war er von einem nichtfamiliären Täter ausgegangen. Die neuen Schlösser stellten seine Annahme infrage. »Warum gab es neue Schlösser? Gab es bereits einen Einbruch, von dem Sie uns nichts erzählt haben?«

»Ubbo? Warum sollte Ubbo mir etwas antun wollen? Er steht mir näher als meine eigenen Eltern.«

»Was war mit dem Einbruch? Wann war es und was wurde gestohlen?«

»Nichts! Jemand war im Haus und hat herumgeschnüffelt. Dinge lagen anders als am Tag zuvor. Ich war mir nicht sicher. Aus dem Grunde habe ich Ubbo gebeten, neue Schlösser zu installieren.« Maxim hoffte, glaubhaft genug zu klingen.

Das Handy des Hauptkommissars klingelte. Er sah darauf und ging ein paar Schritte vorwärts. »Darüber unterhalten wir uns gleich.«

Maxim war froh, als das Auto des Hauptkommissars, der, wie es schien, privat telefonierte, in die Straße einbog. Der Wagen blieb bei ihm stehen und ließ den Motor laufen. Als Freerichs nicht reagierte, drückte die Fahrerin auf die Hupe. Was ihn dazu bewegte, sich umzudrehen und die Hand zu heben. Er beendete das Gespräch. Dann winkte er wie beruhigend, als die Polizistin ungeduldig die Lichthupe gab. Freerichs setzte sich in Bewegung, öffnete die Beifahrertür, überlegte es sich, knallte sie zu und setzte sich mit Maxim auf die Rücksitzbank. »Fahren Sie los. Ich sorge dafür, dass Ihnen ein anderes Auto gebracht wird. Ich brauche meines selbst. Sie werden bis zur Ablösung gegen acht Uhr das Haus von Ubbo Niersen bewachen und aufpassen, dass niemand Maxim Henndorf etwas antut.« Als die Angesprochene nicht antwortete, fragte er: »Verstanden?«

»Hm. Bin ja nicht taub.«

»Hören Sie, wir haben alle nicht geschlafen, und glauben Sie mir, wir werden so lange nicht gut und ausreichend schlafen, bis wir denjenigen haben, der für all das verantwortlich ist.« Er wurde selten oder besser ungern laut, doch die Einstellung mancher seiner Kolleginnen und Kollegen war für ihn immer schlechter auszuhalten. *Dienst nach Vorschrift und den*

Gefahren aus dem Weg gehen bis zum Eintritt der Rente wurde das Motto leider nicht nur von Hauke Runge.

»Entschuldigen Sie. Meine Mutter ist ins Krankenhaus gekommen, Verdacht auf Herzinfarkt. Vorhin, nachdem der Notruf einging und ich losmusste.«

»Ihre Mutter? Herzinfarkt? Sehr ungünstig.« Freerichs war sonst feinfühliger oder wenigstens etwas rücksichtsvoller. Das war vor dem Fall. Das war, bevor jemand damit begonnen hatte, einen Psychologen zu jagen, und alles, was nicht niet- und nagelfest war, umnietete. Alte Männer und ein ganzes Stadtviertel.

»Das tut mir leid. Wissen Sie, wie es Ihrer Mutter geht? Sollten wir nicht einen kleinen Abstecher ins Krankenhaus machen und nachsehen?« Weil Maxim die Gedanken des Hauptkommissars nicht kannte, war er entrüstet über dessen Reaktion.

Die Polizistin schüttelte mit zusammengekniffenen Lippen den Kopf, die verbale Antwort gab Freerichs, und zwar weiterhin wütend:

»Spinnen Sie, Henndorf? Zum Krankenhaus fahren und nachfragen? Wollen Sie, dass der Täter womöglich die Klinik unter Beschuss nimmt? Lassen Sie bloß nicht den Psychologen in die Nähe Ihrer kranken Mutter. Gegen ihn ist ein Herzinfarkt wie ein Schnupfen. Absolut harmlos.«

Beschuss. War es wie ein Beschuss? Wie im Krieg? Und waren alle in seiner Nähe tatsächlich gefährdet? Er dachte darüber nach, und da niemand mehr redete nach dem Ausbruch des Hauptkommissars, lenkte ihn nichts davon ab. Kollateralschäden. Sozusagen. Der alte Mann, dessen Frau jetzt Witwe war. Seine Nachbarn, die seinetwegen fast ihre Wohnungen mit allem Hab und Gut verloren hätten.

Maxim unterbrach die Stille, die schwer vom Geräusch des Motors oder der Blinker getragen wurde. »Ich muss dem Mann etwas Furchtbares angetan haben. Keine Frage. Er hat es auf mich abgesehen. Das ist klar. Und er will mich quälen. Er will nicht meinen schnellen Tod. Womöglich will er überhaupt nicht meinen Tod.«

»Was dann?« An diese Möglichkeit hatte Freerichs selbst gedacht, sie aber nicht weiter verfolgt. Im Grunde spielte es keine Rolle. Dem Täter waren Menschenleben egal. Er nahm in Kauf, dass Unbeteiligte starben.

»Wenn ich das wüsste. Vielleicht will er meinen wirtschaftlichen Ruin? Oder meinen Ruf beschädigen?«

»Wie sieht es mit beidem aus? Wie lange könnten Sie Ihre Praxis vorübergehend schließen? Wie lange hält Ihr Konto das aus? Und Ihr Ruf? Dann hätte der den Weg in den sozialen Netzwerken genutzt. Da geht es deutlich schneller und effektiver, wenn man jemanden fertigmachen will.«

»Der ist altmodisch. Wie ich. Schauen Sie: Schlag auf den Hinterkopf, schubsen, an Leitungen drehen. Das sind doch keine modernen Aktivitäten, oder? Ein moderner Mensch hätte meinen Computer angezapft und mir ausgeklügeltere Dinge angetan.«

»Ihren Computer untersuchen wir. Wie auch die Telefonleitung. Irgendwo muss er doch über Sie alles erfahren wie Ihre Aufenthaltsorte, Ihre Verabredungen und wer weiß, was noch. Ich fürchte, das ganze Ausmaß werden wir erst sehen, wenn wir ihn haben.«

»Geschnappt haben? Meinen Sie das? Dazu müssten wir wissen, wer er ist.«

»Oder wenigstens, warum er es tut. Und auch wenn wir uns sprachlich auf einen männlichen Täter geeinigt haben, ist es gut möglich, dass es eine Frau ist. Eifersucht? Haben Sie eine Frau in der Vergangenheit sehr enttäuscht?« Freerichs fiel in dem Moment Marike ein. Wie oft er sie bereits enttäuscht hatte. Und jetzt schon wieder. Das Wochenende war gegessen. Sie blieb allein mit den Kindern, wie sie es kannte. »Glauben Sie, eine Frau macht solche Sachen, weil ein Mann sie enttäuscht hat?«

Maxim hob die Schultern, was der Hauptkommissar nicht sehen konnte.

»Wissen Sie es nicht oder wollen Sie mir nicht antworten? Also: Haben Sie eine Frau über alle Maßen enttäuscht? Und als Psychologe müssten Sie wissen, ob das einen Hass hervorrufen könnte, der eine gewissenlose blutgierige Jägerin aus einer normalen Frau machen würde.«

»Herr Freerichs, bisher erschienen Sie mir realistisch und vernünftig. Ihre Wortwahl löst bei mir eine Frage aus: Haben Sie Probleme mit Frauen?« Er wartete nicht auf die Antwort, sondern sprach weiter. »Gewissenlose blutgierige Jägerin. Lassen Sie das mal keinen Redakteur der Ostfriesenzeitung hören.« Er lachte kurz und laut ohne jede Freude. »Gewissenlose blutgierige Frau jagt Psychologen! Schöne Schlagzeile. Ja, und hier kommt es dann. Meine Patienten vertrauen mir zwar. Noch. Aber sie müssen berechtigte Sorge haben, dass ihre Krankengeschichte in falsche Hände gerät. Was bedeuten würde: Ich müsste meine Praxis verkaufen und versuchen, mich woanders einzukaufen. Wenn das gelänge, was ich bezweifle, da es in attraktiven Städten genug Psychologen gibt, aber trotzdem: Nehmen wir an, es gelänge und ich siedelte um und fange von vorne an. Was meinen Sie? Gibt die Person dann Ruhe? Falls ja, will sie mich lediglich aus der Stadt haben. Was ich nicht glaube. Sie will mich fertigmachen. In der neuen Stadt ginge es so weiter.«

»Ach, Schlagzeile, wer liest die Zeitung überhaupt noch? Und was in der Zeitung steht, ist relativ schnell vergessen. Und Ihre Patienten sind sicher froh, bei Ihnen regelmäßige Termine zu bekommen. Ich habe gehört, wie schwer es ist, einen Termin bei Ihren Kollegen zu bekommen. Da ist es fast einfacher, die richtigen Zahlen im Lotto zu tippen.«

»Sie verstehen nicht viel von dem Innenleben von Menschen, oder? Stellen Sie sich vor, Sie wären krank. Sie hätten eine langwierige Krankheit und würden von einem Arzt Ihres Vertrauens behandelt. Nehmen wir an, es wäre eine unangenehme Geschlechtskrankheit.«

»Also bitte. Wie kommen Sie darauf? Sehe ich aus wie ein Mann, der anderswo sein Glück sucht und nicht im ehelichen Schlafzimmer?«

Die uniformierte Fahrerin versuchte auszusehen, als würde sie den beiden nicht zuhören. Geschlechtskrankheit, aha. Ich darf nicht zu meiner Mutter, stattdessen darf ich mir mit anhören, wie ein Psychologe einen Hauptkommissar fertigmacht. Mama, halte durch. Wenn ich dir das erzähle, geht es dir bestimmt gleich besser.

»Herr Freerichs, hypothetisch ist das gemeint. Rein hypothetisch. Machen Sie mit. Sie haben eine unangenehme Geschlechtskrankheit. Verstanden? Wer daran Schuld hat, Sie oder Ihre Frau, spielt gerade keine Rolle. Sie wollen nicht, dass außer Ihnen und Ihrem behandelnden Arzt jemand etwas davon erfährt.«

»Meine Krankenkasse erfährt davon. Und damit steht es ein für alle Mal in meinen Krankenakten.«

»Selbst wenn. Wollen Sie, dass es Ihre Nachbarn erfahren? Ihre Eltern? Kinder? Ihre Schwiegereltern? Die Sie sowieso schon immer auf dem Kieker haben. Weil Sie ihnen *ihr* kleines Mädchen weggenommen haben. Und jetzt das.«

»Ich sage ja: Sie spinnen. Sie sollten Geschichten schreiben. Und was soll diese Geschichte eigentlich?«

»Wir sind da.« Die Frau im Fond kratzte sich verlegen am Ohr.

»Ja und? Steigen Sie aus und sagen Sie dem alten Niersen, sein Schwiegersohn käme und bräuchte ein Nachtquartier. Dann warten Sie auf den Streifenwagen. Ihr Kollege sollte gleich da sein.« Er hatte während des Gesprächs immer wieder etwas in sein Handy getippt.

Sie stieg aus und schloss die Tür einen Ticken zu kräftig.

»Junges Gemüse. Die sollten erst mal Respekt lernen.« Freerichs hatte keine Lust, weiter, wenn auch nur hypothetisch, über Geschlechtskrankheiten und Familienverhältnisse zu reden.

»Sie reagieren, wie es zu erwarten war. Und nein, Sie brauchen nicht nachzufragen, ich habe Sie nicht provozieren wollen. Sie sind wie ein Ertappter aufgesprungen und haben um sich gehauen. Nein, ich wollte Ihnen lediglich klarmachen, wie schwer es ist, gewisse Krankheiten einem anderen anzuvertrauen. Mit psychischen Krankheiten ist es oft viel schwieriger. Jeder sagt dem anderen, dass er einen Zahn gezogen bekommt oder dass ihm seine Hand wehtut. Selbst bei langwierigen physischen Krankheiten hält fast niemand den Mund, heißt, er muss es nicht verschweigen. Meine Patienten haben meist einen langen Weg hinter sich, bis sie endlich den Weg gefunden haben, sich helfen zu lassen. Aber, und hier bitte alle vier Buchstaben großschreiben, die Gesellschaft um sie herum ist noch lange nicht bereit, das vernünftig anzuerkennen. Was denken Sie, wie oft Menschen heute noch verächtlich über psychische Krankheiten sprechen? Wer setzt sich freiwillig dem aus? Meine Patienten brauchen ein vertrauliches Umfeld. Sie benötigen einen Therapeuten, der durch und durch seriös ist, und er darf nicht angreifbar sein.«

Freerichs verstand, was Maxim Henndorf meinte. Und ja, die Geschichte mit der Geschlechtskrankheit und der Familie war nicht mal dumm gewählt, sonst hätte er ihn wahrscheinlich längst unterbrochen. »Ich habe verstanden. Sehen Sie, an der Tür steht seit ein paar Minuten der nette Mann, der Sie beherbergen wird. Diese und je nachdem weitere Nächte. Sie wissen, was ich mit *je nachdem* meine? Es kommt darauf an, wie wir in den nächsten Tagen vorwärtskommen. Wir müssen dem Täter oder der Täterin auf die Spur kommen. Wenn sich herumspricht, dass es jemand schafft, die Polizei an der Nase herumzuführen, und dazu ganz nebenher Menschen umbringt, ist das keine gute Werbung für die schönste Stadt Ostfrieslands.«

»Ich habe Montag Termine und vorher werde ich meine Akten wälzen und nachdenken. Ubbo wird auf mich aufpassen. Wussten Sie, dass er mich einweisen lassen wollte? War das Ihre Idee?«

Ole Freerichs stutzte kurz und dachte nach, ob sich das abstreiten ließe. »Woher wissen Sie das?«

»Sie sind nicht schwer zu durchschauen. Ubbo hält mich zwar für psychisch krank, würde aber allein nicht auf so etwas kommen. Anderen die Freiheit rauben zu wollen gehört weniger zu seinen Präferenzen.«

»Wie es scheint, hat Herr Niersen keinen Erfolg mit seinem Vorschlag gehabt.«

»Richtig. Sie müssten mich schon in Handschellen abführen lassen.«

»Oder in einer Zwangsjacke.« Das sollte witzig klingen, doch Freerichs spürte Maxims traurigen Blick. »Das war nicht ernst gemeint. Lassen wir das. Es ist schon spät, besser gesagt früh. Legen wir uns aufs Ohr und nachher treffen wir uns bei Ihnen.«

Maxim stieg aus und lief langsam zu Ubbo hinüber. Der nahm ihn wortlos in den Arm.

»Schon gut. Mir ist nichts passiert. Alles in Ordnung«, flüsterte Maxim seinem Schwiegervater ins Ohr, als er dessen Tränen an seiner Wange spürte.

Ubbo schüttelte energisch den Kopf, fasste Maxim an die Schultern und sah ihm in die Augen: »In Ordnung sagst du? Alles in Ordnung? Es vergeht kein Tag mehr, an dem dich ein Unbekannter nicht bedroht, und zwar massiv. Er will dich umbringen. Aber das werde ich nicht zulassen. Ob du willst oder nicht, Personenschutz ab sofort. Das bist du uns schuldig. Ich habe dich nie um etwas gebeten, aber nun ist es an der Zeit dafür. Lass die Polizei ihre Arbeit erledigen und vor allem, versuche am Leben zu bleiben. Du machst geradezu den Eindruck, als wäre dir dein Leben egal. Das mag ja sein. Doch mir ist dein Leben nicht egal. Ich habe sonst niemanden mehr.« Dem großen Mann war es nicht peinlich, seine Zuneigung zu gestehen. Er hatte so etwas Ähnliches ein- oder zweimal zu seiner Frau gesagt. Lange bevor Maxim in Imkes Leben getreten war. Er zeigte in der Regel seine Zuneigung, sprach jedoch wenig darüber. Er hatte angenommen, Menschen wüssten es, sobald er sie in sein Herz geschlossen hatte.

»Ich weiß das. Merkwürdig – du denkst, du müsstest mir das extra sagen. Das ist nicht nötig. Und wenn ich nicht mehr leben wollte, wirklich nicht mehr, warum hätte ich mich so lange ohne Imke gequält?«

Die Polizistin stand in Hörabstand zu ihnen und beobachtete die beiden Männer. Männer, die weinten, kannte sie bisher fast nur vom Fußballplatz. Nach verlorenem Spiel. In ihrer Familie weinten, wenn überhaupt, die Frauen. Männer waren keine Heulsusen. Ihr gefiel, was sie sah. Beide machten nach ihren Geständnissen einen erleichterten Eindruck. Sie wusste nicht, ob es ihnen unangenehm wäre, wenn sie wüssten, eine Frau hatte alles mitbekommen. Deshalb entfernte sie sich Schritt für Schritt.

»Na, Kollegin? Aufregende Nacht. Ich bringe Sie zur Inspektion, Sie können morgen freinehmen und sich um Ihre Mutter kümmern. Ein anderer übernimmt Ihren Dienst. Wenn die Streife da ist, fahren wir los.«

Sie war sprachlos und nickte ungläubig.

»Sehen Sie zu, bis Montag wieder voll dienstfähig zu sein. Gerade taugen Sie lediglich die Hälfte, das ist zu gefährlich für Personenschutz. Sie gefährden Herrn Henndorf mehr, als dass Sie ihn schützen können.«

Sie wollte protestieren, beließ es aber bei einem abschließenden Nicken und sagte: »Verstanden.«

Sie war froh, als die Kollegen vorfuhren. Sie bekamen von Freerichs die Instruktionen und postierten sich gut sichtbar in der Einfahrt. Sie sollten sich zeigen und damit den Täter abschrecken. Ihn verunsichern. Freerichs baute auf die Strategie. Denn wenn der Täter verunsichert war, machte er garantiert Fehler. Fehler, die seine Pläne durchkreuzen würden. Welche Pläne es auch waren, er müsste sie, wenn nicht gar über den Haufen werfen, so doch wenigstens überdenken. Das kostete Zeit, das kostete Nerven. Das kostete dem Täter die Kaltblütigkeit, mit der er bisher agiert hatte. Begonnen mit dem Überfall bis zur versuchten Gasexplosion.

»Fahren wir los. Ich denke, heute Nacht wird nichts mehr geschehen. Der hatte seinen Spaß. Und schläft längst selig und hat süße Träume.« Der Hauptkommissar startete den Wagen und fuhr los. Zurück in der Stadt spürte er Hunger, als er an McDonald's vorbeifuhr. Er bezwang sich und setzte die Kollegin in der Georgstraße ab. Sollte er Marike eine Nachricht schicken und ihr mitteilen, dass er nach Hause käme? Er ließ es. Sie schlief bestimmt und das Vibrieren des Handys würde sie wecken. Wenn der Fall vorbei ist, werde ich mein Leben umkrempeln, nahm er sich vor. Macht Hauke das doch richtig? Der Schwager hat Geburtstag und er lässt alles stehen und liegen. Familie. Ole verneinte das für sich. Meine Arbeit ist wichtig und manchmal muss die Familie eben zurückstecken. Und er selbst vor allem. Trotzdem wollte er mehr Zeit zu Hause verbringen. Wie das möglich war, stand auf einem ganz anderen Blatt. Bereits kurz hinter Leer dachte er wieder über Maxim Henndorf nach. Und er brauchte Hauke. Mit seiner Erfahrung und dem Kennen der Familie. Und er musste an die Patientendaten kommen. Daniela, die freundliche Angestellte der Praxis, fiel ihm ein. In ein paar Stunden läuft die Maschine weiter, jetzt braucht sie Ruhe. Das dachte Ole, als er vor der Doppelgarage parkte und ausstieg. Er fühlte sich schlapp und verzichtete im Bad auf das Zähneputzen. Jede Minute Schlaf zählte.

Kapitel 15

Das Gas war eine glänzende Idee. Und dass einer damit was anstellt, ist doch klar. Ein Guru steckt den Kopf in den Backofen. Und sieht seine Sünden ein. Das stinkende Schwein macht sich vor Angst in die Hose. Er ist bei dem Alten. Wie vorhersehbar.

Die ganze Sache machte mehr Spaß, als er es sich anfangs vorgestellt hatte. Das mit dem Opa war dumm gelaufen. Und die Frau tat ihm ein bisschen leid. Er hätte ihr gern persönlich sein Beileid ausgesprochen und ihr gesagt, wer an allem schuld war. Aber dafür war es noch zu früh. Jetzt, nach dem, was in der Altstadt fast passiert wäre, müssten sie endlich beginnen, mit dem Finger auf das Schwein zu zeigen. Von allen Seiten. Einige hatten sich bereits abgewendet, ein Teil der Nachbarschaft. Es war herrlich mitanzusehen, wie das Schwein plötzlich allein stand. Wie einen Aussätzigen hatten sie ihn behandelt. Zu Recht. Dieser Nachbar von ihm, der musste geimpft werden. Ein Wort hier, eine Geste da. Der war richtig. Einer, dem andere zuhörten. Dem sie glaubten. Dessen Meinung etwas galt. Das hatte er vorhin bereits bewiesen.

Das Schwein und der Alte standen lediglich wenige Meter von ihm entfernt. Die waren alle zu blöd. Zu gutmütig. Wie er selbst. Wie es seine Frau war, genau wie all die anderen Menschen, deren Leben von dem dreckigen Schwein abhing. Er schob sein Fahrrad durch die Büsche, wartete auf den richtigen Zeitpunkt und fuhr ohne Licht dem Wagen des Hauptkommissars hinterher. Auch so ein armer Wicht. Schlug sich die Nacht um die Ohren, weil so ein Schwein machen konnte, was es wollte. Damit war bald Schluss. Gedanklich rieb er sich die Hände und grinste dabei. Schluss. Ein für alle Mal.

Kapitel 16

Hauke stürzte ins Büro. »Was ist denn hier los? Warum rufst du nicht an?« Sein Gesicht hatte sich hochrot gefärbt. »Da erfahre ich von meiner Frau, was letzte Nacht in Leer los war. Unglaublich.« Er stellte sich breitbeinig vor Oles Schreibtisch auf und stützte die Hände in die Seiten.

Ole war soeben aus der Besprechung mit dem Chef entlassen worden. Kein Personenschutz. Dafür würden vermehrt Streifen durch die Altstadt geschickt. Er wollte gerade die Kollegen anrufen und durchgeben, dass sie ihren Einsatz abbrechen sollten. »Du traust dich noch her? Heute?« Ole war wütend auf alles. Auf seinen Chef, auf Maxim Henndorf, der noch in der Nacht in seine Wohnung zurückgekehrt war, auf Ubbo Niersen, der es trotz seiner immensen Körpergröße und seines persönlichen Einflusses nicht schaffte, dem Psychologen Vernunft beizubringen, und auf Hauke besonders. Der sich gestern nicht wie empfohlen, so drückte Ole es für sich aus, bei ihm gemeldet hatte, um ihn zu unterstützen. Wenn sich die Probleme nicht überschlagen hätten, wäre längst eine Meldung über Hauke rausgegangen. Oder nicht? Er war wütend auf sich selbst. Weil er einen Kollegen schützte, der es nicht verdiente. Nicht mehr. Und dabei brauchte er ihn dringender als zuvor.

Hauke ließ die Hände sinken und trat unruhig von einem Bein auf das andere. »Mensch, jeder sagt mal was Dummes. Du etwa nicht? Mach doch aus der Mücke keinen Elefanten.«

»Halt doch die Klappe. Solche Mücken, wie du sie loslässt, verbreiten tödliche Krankheiten. Das machen Elefanten in der Regel nicht. Wo warst du gestern? Zu besoffen? Zum Schildermalen warst du nüchtern genug. Weißt du was? Du kotzt mich an! Ich habe immer Respekt vor dir gehabt. Immer. Aber den hast du dir verspielt. Du warst wohl mal ein guter Polizist. Früher. Ich habe die Schnauze voll. Von dir. Von deinem Gemeckere. Von deiner notorisch gewordenen Faulheit.«

Hauke hätte zu gern zurückgeschrien. Nun ja, Ole schrie nicht einmal, die Worte prallten allerdings wie Schläge auf ihn ein und taten weh. Zurückschlagen, mit Worten. Das war nicht so seins. Mit der Faust eher. Was bei Ole nicht gut gekommen wäre, der war jünger und kräftiger. Nicht sportlicher, oh nein. Trotzdem würde Hauke den Kürzeren ziehen. Er zog es vor zu schweigen.

»Hat es dir die Sprache verschlagen? Bist du nicht mehr nur taub, sondern gleichzeitig stumm geworden? Was willst du hier? Warum unterbrichst du dein freies Wochenende wirklich? Dein Schwager hat Geburtstag. Ist das nicht wichtiger? Marko heißt der doch. Marko wird fünfzig und der Rest der Welt bleibt stehen. Danke schön, das habe ich verstanden. Lass mal Ole den Karren aus dem Dreck ziehen. Wenn das überhaupt notwendig ist. Soll er doch die Mücke machen, der Irrendoktor. Wer braucht den schon? Wer? Ich sag es dir. Ubbo Niersen braucht den. Und der Henndorf hat Patienten, die ihm vertrauen. Die brauchen ihn. Und ich warne dich: Mach nie wieder einen blöden Witz über diesen Berufsstand. Sonst vergesse ich mich!« Ole war längst aufgestanden und stand mit hoch erhobenem Telefon direkt vor Hauke.

Der nickte kaum merklich. »Ist gut. Ich habe es verstanden. Meine Olle hat mir längst den Kopf gewaschen. Nachdem du weg warst und sie mich gefragt hat, was los ist. Aus Frust habe ich mir erst recht die Kante gegeben. Vorhin hat sie mich aus dem Bett geschmissen. Mit der Nachricht vom Großalarm in der Altstadt. Da war klar, die haben es ernsthaft auf den Psychoheini abgesehen.« Er bemerkte seinen Fehler. »Entschuldige, auf den Psychologen. Und glaub mir, mir mag vieles gleichgültig geworden sein. Doch die schönen alten Häuser in die Luft sprengen, das geht zu weit.«

Ole fasste sich an den Kopf. »Die Häuser, klar. Und die vielen Menschen darin?«

»Drehe mir nicht jedes Wort im Mund rum. Das habe ich gemeint. Nichts anderes. Du sagtest was von Personenschutz?

Ich bin dabei. Die kriegen wir!« Er strahlte, als wäre er vorher nicht zusammengefaltet worden, sondern hätte einen Orden verliehen bekommen.

»Deine Frau heißt Tomke. Ich sage ihr, wie du sie nennst. Und du solltest an deinen Prioritäten arbeiten. Dann kommen wir wieder ins Geschäft. Deine Pension willst du doch ungekürzt haben, nehme ich mal an.«

Hauke spürte an der Tonlage, dass keine Gefahr mehr bestand. »Meine Tomke weiß, wie ich sie nenne. Sie sagt auch Oller, wenn sie über mich spricht. Und ich bin hier. An einem Sonntagvormittag, an dem eigentlich Familientag ist. Eine große Feier. Hast du ja selbst gesehen gestern. Ich bin hier und will meine Arbeit machen. Du bist leitender Ermittler, also, was steht an?«

Ole beschloss, vorerst einen Strich unter die Angelegenheit zu ziehen. Hauke hatte sich zwar nicht entschuldigt, aber er war fast zu Kreuze gekrochen. Was ihm auf der einen Seite unangenehm war, denn wer sah einen anderen schon gern in solch einer Haltung. Auf der anderen Seite ballte er für sich ganz innen drin die Faust und beugte triumphierend den Arm. Tomke war offenbar die Vernünftige des Ehepaares Runge. Sie hatte zum Glück großen Einfluss auf ihren Mann. Ole würde ihr bei Gelegenheit einen Strauß Blumen vorbeibringen. »Also meinetwegen, zurück an Bord. Dann will ich dich mal auf den Stand der Ermittlungen bringen. Das ist mit wenigen Sätzen getan. Ein Unbefugter hat sich Zugang zum Haus von Maxim Henndorf verschafft, obwohl beide Haustüren neue und vor allem moderne Schlösser haben, und das erst seit ein paar Tagen. Ich nehme an, es hat sich vorher bereits jemand unbefugt Zugang zum Haus verschafft, Henndorf hat es bemerkt und Niersen hat entsprechend gehandelt, um weitere Einbrüche zu unterbinden. Leider wurde das nicht angezeigt und ein weiteres Leider: Das ist reine Spekulation, weder Henndorf noch Niersen äußern sich dazu. Bisher.«

»Gibt es Spuren oder Zeugen des gestrigen Einbruchs?« Hauke glaubte nicht, dass jemand unsichtbar blieb in einer derartig eng besiedelten Gegend. »Unter Umständen war er schon öfter vor Ort. Ein Patient? Ein Angestellter?«

»Oder eine Patientin oder eine Angestellte?« Ole nickte langsam. »Es ist alles möglich. Henndorf ist aktuell dabei, seine Unterlagen und sein Gedächtnis zu durchwühlen.«

»Und wenn es einer aus der ferneren Vergangenheit ist? Ein Kommilitone. Ein Mitschüler.«

»Eine verschmähte Geliebte? Oder Verwandtschaft. Alles ist möglich. Das ist eben unser Problem. Wir haben rein gar nichts.«

»Was hältst du davon, wenn ich mit Ubbo rede? Wir kennen uns schon lange. Der weiß mehr, als er bisher gesagt hat. Darauf lasse ich einen springen.« Hauke grinste ihn an. »Verwandtschaft. Klar, möglich. Es gibt nicht nur die, mit der man Feste feiert.«

Ole freute sich über den neu erwachten Eifer des älteren Kollegen. Tomke musste ihm mächtig eingeheizt haben. Er würde ihr neben den Blumen noch eine Flasche Krimsekt vorbeibringen. Er wusste, den mochte sie ganz gern. Hauke war zu geizig für so etwas. »Gute Idee. Wir fahren gleich los. Übrigens müssen wir ein paar Freiwillige für den Personenschutz finden. Der Chef stellt sich quer. Bist du dabei?«

»Klar! Ehrensache. Ich rufe schnell Tomke an, damit sie Bescheid weiß. Vor morgen bin ich kaum zu Hause, schätze ich mal.«

»Grüß sie bitte von mir. Sag ihr, sie hat einen pflichtbewussten Mann.« Aus dir gemacht, wäre ehrlich gewesen. Die Ehrlichkeit sparte Ole sich für andere Angelegenheiten auf. Hauke war voller frischem Tatendrang und keine dumme Bemerkung sollte ihn davon abbringen. Während Hauke zu Hause anrief, prüfte er seine Nachrichten. Nichts. Die KTU-Ergebnisse, in die er sehr viel Hoffnung legte, ließen auf sich warten. Etwas musste zu finden sein. Ein Haar, ein Fingerabdruck, Faserspuren.

»Gibt's was Neues?« Hauke hatte sich kurzgefasst und stand startbereit an der Tür. »Tomke wünscht uns viel Glück.«

»Glück? Wenn wir sonst nichts haben, sollte wenigstens Glück dabei sein.« Er war gefrustet. »Ich rufe in Aurich an. Uns fehlen sämtliche Auswertungen der letzten Nacht. Die können uns nicht auf dem Trockenen sitzen lassen. So nicht.«

»Warte bis Mittag. Dann kannst du denen Dampf unterm Hintern machen. Es ist gerade mal neun Uhr. Glaubst du, die haben die ganze Nacht an unseren Spuren gearbeitet? Der Keno, den kann ich nachher anfunken.«

»Keno?« Ole winkte ab. »Ist der nicht neu da?«

»Ja, neu. Ein Jahr jetzt. Aber du kennst Tomke. Und Keno ist ihr Neffe. Die haben Feuer im Blut.«

Endlich lächelte Ole. »Gut, einen Versuch ist es wert. Du rufst Keno an, er soll was liefern. Familie – manchmal nicht das Schlechteste.«

»Segg ick doch! Bevor ich es bereue, meinen freien Sonntag sausen zu lassen, lass uns fahren.«

»Und während der Fahrt machen wir uns über den Personenschutz Gedanken.«

»Ich fürchte, dafür reicht die kurze Fahrtzeit nicht. Wer schiebt freiwillig außerhalb der Schichten Dienst? Und dann am Kopf vom Chef vorbei.«

*

»Aktuell ist keiner dabei. Zumindest sehe ich bei keinem meiner Patienten einen Grund, mir etwas antun zu wollen. Daniela, du kennst sie alle. Was glaubst du?« Maxim hatte Daniela um Unterstützung gebeten. Sie hatte ihm frühmorgens eine Nachricht geschickt. Aus seinem Haus. Sie hatte vorbeischauen wollen, als sie von der aufregenden Nacht gehört hatte. Über Facebook verbreitete sich alles schneller als ein Feuer in einem trockenen Wald.

»Ach Maxim. Ich bin weniger vertrauensselig als du. Für mich käme der eine oder die andere infrage. Nicht weil sie einen Grund hätten, sondern weil ihre Persönlichkeiten eher sprunghaft sind. Und ich bin fest davon überzeugt, dass nur ein psychisch kranker Mensch zum Mörder wird. Braucht der dann unbedingt einen Grund?«

Er atmete schwer aus. »Ich muss dir nicht erst erklären, worum es bei all dem geht?« Einen Aussagesatz als Frage zu stellen rief bei ihm die Frage nach der richtigen Grammatik und gleichzeitig eine Erinnerung wach. Imke und Daniela, wie sie über Glaubensfragen stritten nach einem Abendessen und Imke irgendwann vollkommen außer sich rief: Du bist intoleranter, als ich es je für möglich gehalten habe, und ich hoffe sehr, dass dieser Charakterzug nicht unsere Freundschaft kaputt macht. »Für jeden gilt die gleiche Unschuldsvermutung. Für dich, für mich und erst recht für meine Patienten.«

»Du solltest beginnen, weniger heilig zu denken. Seit Imkes Tod ist das überhaupt nicht mehr auszuhalten. Für alles gibt es eine Entschuldigung. Für jeden. Du hast Imkes Toleranz gleich mit übernommen. Meinst du, es ist leicht, einen Arbeitgeber zu haben, der wie die katholische Kirche agiert und Leuten, die manchmal Schlimmes getan haben, auch noch den Segen gibt und Absolution erteilt?« Sie hieb ihre flache Hand auf den Tisch. »Einer von denen aus deiner Kartei war das. Ich bin mir hundertprozentig sicher. Und wenn du es nicht wahrhaben willst: Ich weiß es, das reicht. Ich gebe dem Hauptkommissar alle Namen. Du kannst mich nicht davon abhalten.«

Er konnte kaum reagieren, so schnell verließ sie das Büro. Zuerst wollte er ihr nachgehen. Was er unterließ. Sie musste sich erst ein wenig beruhigen. In dem Zustand würde er kein vernünftiges Wort mit ihr wechseln. Er war traurig. Sie war immer eine gute Mitarbeiterin gewesen. Ihren Ausbruch verstand er nicht. Er konnte keinesfalls zusehen, wie man seine Patienten unter Generalverdacht stellte. Einzig und allein deswegen, weil sie krank waren und den Fehler gemacht hatten, ihn als Therapeuten zu bekommen. Gehörte das zum Plan? Steckte mehr dahinter als eine Einzelperson? Ein Paar? Oder eine ganze Gruppe? Die alle etwas gegen psychisch kranke Menschen hatten? Daniela? Er wollte es nicht wahrhaben. Er beschloss, Ubbo vorsichtig darauf anzusprechen. Es lag ihm fern, schlafende Hunde zu wecken. Oder besser hieß es in dem Fall: Er wollte die Pferde nicht scheu machen. Er nahm sich erneut die Dateien vor und las parallel seine handschriftlichen Notizen. Das war etwas, was niemand außer ihm jemals sehen sollte. Das waren absolut intime Gedanken und vor allem Fragen, die ihm oft halfen, sich intensiver dem Krankheitsbild zu nähern. Keine Krankenkasse, keine Versicherung, nicht einmal Daniela wusste davon. Das nahm er zumindest an. Er würde sie fragen. Gleich. Sobald die Vernunft zurückgekehrt war zwischen ihnen. Es klingelte an der Tür. Hastig und kurz. Ihm blieb gerade noch Zeit, seine Notizbücher einzuschließen, bevor es klopfte und der Hauptkommissar hineintrat, ohne darum gebeten worden zu sein.

»Haben Sie etwas entdeckt?« Ole Freerichs zeigte auf den angeschalteten Computer. »Sie sind unvernünftiger als ein dreijähriges Kind. Das könnte man wenigstens in den Laufstall setzen.«

»Dreijährige klettern aus dem Laufstall schneller raus, als Sie Ihren Namen aussprechen können.«

»Haben Sie was oder nicht?«

»Nein.« Die knappe Antwort von Maxim und ein Druck mit dem Daumen auf den Bildschirm, um ihn auszuschalten. Zu mehr sah er sich in dem Augenblick nicht in der Lage. Er grübelte über Danielas Verhalten und würde im richtigen Moment ein paar Worte darüber mit Ubbo wechseln. Der kannte Imkes beste Freundin schon sehr viel länger.

»Hören Sie mir mal zu. Sie geben mir innerhalb der nächsten halben Stunde eine Liste mit Ihren Patientendaten oder ich lasse Ihren Laden so richtig auseinandernehmen. Dann ist nicht nur der Heizungsraum dran. Nein, das komplette Haus! Bis zum Dachboden!«

Das schreckte Maxim aus seinen Gedanken. Dachboden. Imkes Sachen. Kleidung, Parfüm, Rasierschaum. Sogar ihren

Rasierer hatte er aufgehoben. Es sah oben aus wie in einem Museum. Wenn die Polizei das sah, würden sie ihn in keinster Weise mehr ernst nehmen. Eine schwere psychische Störung würde ein Kollege diagnostizieren und ihn tatsächlich einweisen lassen. Dabei war das alles Trauerarbeit. Seine eigene. Private. Die keinen Menschen außer ihm selbst etwas anging. Nicht einmal Ubbo. »Drohen Sie mir, soviel Sie wollen. Ich habe Ihnen gesagt, ich werde überprüfen, ob es in meinem Umfeld jemanden gibt, der einen plausiblen Grund hat, mir nach dem Leben zu trachten. Durchsuchen Sie mein Haus, machen Sie, was Sie meinen, tun zu müssen. Wenn es denn hilft, dem Täter auf die Spur zu kommen. Doch Sie tappen absolut im Dunkeln. Meines Erachtens hat der was gegen mich als Psychologen. Warum sollte er sonst meinen Ruf ruinieren wollen? Und deshalb bin ich davon überzeugt, er selbst ist kein Patient. Nicht bei mir und auch nicht bei einem anderen. Sonst würde am Ende seine eigene Krankengeschichte öffentlich werden. Und was habe ich Ihnen über diese Menschen gesagt? Sie erinnern sich? Die erzählen oft nicht mal ihren nächsten Angehörigen, dass sie eine Therapie machen. Im Gegenteil: Sie erfinden Ausreden wie Yoga oder Literaturkreis oder bei Männern ganz neu und beliebt: Gymnastik für den Herren über fünfzig. Niemand darf wissen, was sie haben, dass sie etwas haben, und vor allem nicht, dass sie sich Hilfe holen. Dem sogenannten starken Geschlecht fällt das ganz besonders schwer.«

Ole hörte gut zu. Die etwas langsame Art des Psychologen begann ihm sympathisch zu werden. Und es gefiel ihm, wie er sich gezielt und ohne Arroganz mit seinem eigenen Fall auseinandersetzte. Er hatte verstanden, was auf dem Spiel stand. Menschenleben. Seines und das anderer. »Nach dem, was Sie sagen, muss es einen Menschen geben, der Ihre Arbeit zwar kennt, aber selbst kein Patient ist, der Ihnen nah genug ist, um zu wissen, wie er mehrfach in Ihr Haus eindringen kann. Oder er kennt jemanden, der Ihnen nah ist. Sie haben nur eine Angestellte?«

»Ja. Daniela.« Er sprach den Namen anders als sonst aus.
»Könnte sie jemanden kennen, der Sie nicht mag?«
»Sie hält nicht viel von meinen Patienten. Zumindest traut sie ihnen Morde zu. Sie glaubt fest daran, dass der Name des Täters in meinem Computer zu finden ist.«
»Das war nicht die Antwort auf meine Frage. Sie brauchen keine Spielchen mit mir zu treiben. Dem Verdacht Ihrer Angestellten werde ich nachgehen. Trotzdem würde ich gern die Antwort auf meine Frage wissen.« Irgendetwas war ausgesprochen worden, was wichtig war. Das war ihm bewusst geworden, nachdem Maxim Henndorf den Namen Daniela nicht wie gewohnt ausgesprochen hatte, sondern einzeln in Silben. Ganz, als könne er sich ihrer nicht mehr sicher sein. Ole Freerichs hatte bereits unzählige Befragungen durchgeführt und die Erfahrungen daraus waren nicht weniger wert als das gesamte Studium.
»Sie sehen aus, als hätten Sie einen Groschen gefunden. Haben Sie eine Idee, wer es sein könnte? Habe ich etwas gesagt, was Sie auf die Idee bringt oder besser gebracht hat? Und meine Antwort auf Ihre Frage: Ich weiß es nicht. Woher auch? Wissen Sie, ich lebe ziemlich isoliert. Und das ist gut so. Das Umfeld von Daniela kenne ich nicht besonders gut. Nicht einmal ihren Mann, obwohl Imke und Daniela damals versucht haben, uns freundschaftlich zu verkuppeln. Wie Frauen das manchmal gern tun. Sie denken, ihre Männer sind einsam. Dabei sind sie oft zufrieden in ihrer eigenen beschränkten Welt. Imke hat es bald verstanden und gut war es.«
»Hat Daniela es verstanden?«
»Oh, schade. Sie sind leider nicht auf den Kopf gefallen. Ich merke, ich muss mir die Sätze besser überlegen. Daniela? Ich denke schon. Es blieb ihr kaum etwas anderes übrig.«
»Und Danielas Mann? Michael? Hat der das genauso locker weggesteckt?«
Maxim schüttelte den Kopf. Ein wenig hilflos. Er glaubte nicht gleich an Blutrache, wegen einer ausgeschlagenen Männerfreundschaft. »Was soll das? Ein Mann, der sauer ist,

weil ein anderer sich nicht mit ihm zum Fußballschauen verabreden will? Das glauben Sie wohl selbst nicht.«

»Er ist Automechaniker. Er und seine Frau bewegen sich in einem anderen Kreis als Sie, nehme ich an. Vielleicht war er beleidigt.«

»Unsinn. Michi war froh. Wie ich. Wir konnten nichts miteinander anfangen. Für Michi bin ich schlicht ein Langweiler vor dem Herrn.«

»Ich werde mit ihm sprechen müssen. Die erste Befragung hat einer meiner Kollegen vorgenommen, ich schaue mir Ihren Fußballkumpel lieber einmal selbst an.«

»Ich glaube, mit Michi sind Sie auf dem Holzweg. Michi ist zurückhaltend, freundlich, aber geradlinig, wenn es darauf ankommt. Unser Täter hingegen ist ein anderer Typ. Er ist einer der versteckt Aufbrausenden. Einer, der heimlich eine Tür einschlägt. Der auf den richtigen Moment wartet, um seinen Frust loszuwerden. Kein freundlicher Mensch. Einer, der meint, seine Richtung ist die einzig wahre. Und einer, der gern auf andere schimpft, hinter vorgehaltener Hand. Irgendetwas ist ihm gegen den Strich gegangen, etwas ist geschehen. Weder Michi noch Daniela passen in das Profil. Daniela hat mir vorhin sehr direkt und ins Gesicht ihre Meinung gesagt. Und bevor Sie darüber nachdenken, Ubbo hat keinen Grund. Und er redet nicht gern über andere.«

»Das heißt, wir haben wenigstens ein mögliches Täterprofil. Unsere Experten haben sich bisher vornehm damit zurückgehalten.«

»Ich gebe Ihnen das nicht als Experte, sondern als Betroffener. Ich schätze aber, Ihre Leute werden etwas Ähnliches formulieren.«

Ole Freerichs kannte seine Spezialisten. Zwei Experten, zwei Meinungen und am Ende passte fast nichts von dem, was sie als Profil beigesteuert hatten. Er winkte ab. »Lassen wir das. Ich wäre dankbar, wenn Sie weiter daran arbeiten könnten. Als Betroffener und gleichzeitig vom Fach sind Sie womöglich der einzige Mensch, dem es gelingen könnte, ein halbwegs stimmiges Täterprofil zu erstellen.«

Maxim widerstrebte es, seinen Kollegen die Arbeit wegzunehmen. Er stand ebenso wenig gern als Besserwisser da. Trotzdem stimmte er zu. »Gut. Ich mache ein paar Notizen. Und ich werde noch einmal alle meine Karteien durchgehen. Falls es eine Verbindung zwischen mir, einem Patienten und dem Täter gibt, werde ich sie finden. Wenn ich nichts finde, ist es bestenfalls vertane Zeit.«

»Im schlimmsten Falle haben wir bald weitere Tote. Ich komme am Nachmittag zurück, dann besprechen wir Ihren Schutz.« Der Hauptkommissar eilte aus dem Büro, um einer möglichen Abwehr aus dem Weg zu gehen. Erste Erkenntnisse gab es. Endlich. Nach dem Profil von Henndorf fielen einige Menschen schon mal als Täter aus. Jetzt brauchte er dringend die Namen ausnahmslos aller Patienten. Und er wusste genau, von wem er sie bekommen würde. Draußen wartete bereits Hauke auf ihn. »Und?«

»Nichts. Niemand, der infrage kommt. Ubbo hat mir versprochen, auch die alten Freunde und Freundinnen und mögliche Feinde von Imke in Betracht zu ziehen. Ihm sind eben nur die Vornamen eingefallen. Sobald sein Gedächtnis ihm Erkenntnisse bringt, lässt er uns daran teilhaben. Und was gab es da drin Neues?« Er bewegte den Kopf zur Tür.

»Erzähl ich dir, sobald ich die Liste mit den Patientendaten habe. Du bleibst hier und passt auf, dass niemand mich bei der nächsten Befragung stört.«

Hauke blieb im Flur zurück. Er kam sich vor wie ein Anfänger, der alles tun musste, was die anderen ihm sagten. Er griff sich ins Haar, das von Tag zu Tag lichter wurde. »Hast es dir selbst zuzuschreiben. Bringe deinen Dienst in Anstand bis zur Pension.« Er hörte Tomke so mit ihm sprechen. Sie hatte recht. Er hatte zu früh aufgegeben und nicht genug Ehrgeiz gehabt. Und war dann notorisch sauer, als sogar Freerichs ihn überholte. »Er ist einer der Besten. Sei froh, ihn an deiner Seite zu haben. Dann passiert dir nichts.« Wieder Worte von Tomke, die offen und pragmatisch durchs Leben ging. Ohne jedes Wehklagen. Die Tür, hinter der Ole verschwunden war, öffnete sich.

»Komm. Ich habe alles.« Er schob einen USB-Stick in die Tasche. »Papier hätte ich nicht auf diese Weise aus dem Haus schmuggeln können.«

Kapitel 17

»Können Sie eventuell Ihr Tempo drosseln? Sie wissen, ich bin nicht wirklich im Training. Ich muss in Ihrer Nähe bleiben. Denken Sie daran. Es bleibt bei der abgesprochenen Strecke. Keinen Meter, den wir nicht vereinbart haben. Ist das klar?«

Maxim versuchte, nicht zu lachen. Was ihm schwerfiel. Denn der Hauptkommissar steckte in einem viel zu engen Trainingsanzug. Wie es aussah, besaß er das gute dunkelblaue Stück schon etwas länger. Der Größe nach musste Ole Freerichs einmal deutlich schlanker gewesen sein. »Klar, natürlich. Ich halte mich an Absprachen. Vor allem dann, wenn das Leben eines Polizisten auf dem Spiel steht.« Es ging nicht. Er musste es loswerden. Und ein kleines Grinsen schlich sich dazu in sein Gesicht.

»Machen Sie sich über mich lustig? Hauke kann ich kaum mit Ihnen losschicken. Der steht altersmäßig kurz vorm Herzinfarkt.«

»Haben Sie wenigstens bequeme Laufschuhe an?« Maxim sah zweifelnd auf die nagelneuen Sportschuhe. »Sind die eingelaufen?«

»Lassen wir das. Sie haben ganz andere Sorgen als meine Schuhe. Und der Trainingsanzug ist noch gut. Außerdem ist es stockdunkel. Da muss ich keinen teuren Kram anziehen. Wenn Sie wüssten, was mich die Schuhe gekostet haben.«

»Wenn Sie wollen, erstatte ich diese Unkosten. Schließlich mussten Sie ja meinetwegen welche anschaffen.«

»Also, so weit kommt es noch. Ich brauchte sowieso welche. Mit denen kann man auch Rad fahren.«

»Sollen wir lieber Rad fahren?« Maxim hatte die berechtigte Sorge, der unsportliche Hauptkommissar könnte das morgendliche Joggen nicht überleben. »Was nützt mir ein Personenschützer, der zusammenbricht?«

»Genug. Laut Polizeiarzt bin ich gut in Form.« Er flunkerte ein wenig. Er hatte Übergewicht und er war ausreichend in

Form. Das nächste Mal konnte er wenigstens sagen, dass er angefangen hatte mit dem Laufen.

»Los, Sie laufen vor. Ich folge. Haben Sie das Handy dabei? Ich habe unsere beiden Geräte verbunden. So schnell gehen Sie mir nicht verloren. Sehen Sie: Der rote Punkt, das sind Sie. Raus jetzt. Und denken Sie daran: Langsam laufen.«

Maxim gab dem Hauptkommissar zum Abschied die Hand. Er lief anfangs etwas unruhig, bis er das richtige Tempo gefunden hatte. Sie hatten abgemacht, den Alltag möglichst normal zu leben. Noch am Abend zuvor war es Freerichs gelungen, seinen Chef vom notwendigen Personenschutz zu überzeugen. Was hieß, er und Hauke wechselten sich im Zwölf-Stunden-Rhythmus ab. Und in der Altstadt gab es verstärkte Streifenfahrten. Zumindest an den ersten Tagen. Das war die Idee des Hauptkommissars gewesen. Der Täter sollte annehmen, nur zwei Polizisten wären abgestellt worden. Er sollte denken, dass die beiden nicht aufmerksam wären. Er und Hauke taten eher nachlässig, sobald sie das Wohnhaus von Maxim Henndorf verließen. Anfangs schlossen sie die Türen sorgfältig prüfend ab, nach einem Tag schon weniger sorgfältig, am zweiten Tag vergaß Hauke, den Schlüssel im Schloss überhaupt zu drehen. Nun allerdings hieß es für Ole laufen. Joggen hieß das ja seit einer Weile. Marike hatte sich gefreut, als er ihr davon erzählt hatte. »Gut, Liebling. Ich finde das gut. Du arbeitest zwar für drei Leute, doch du bewegst dich nicht mal genug für einen allein.« Dabei hatte sie ihm zugezwinkert. Er setzte sich in Bewegung. Er war die Strecke abgegangen am Tag zuvor. So konnte kaum etwas schiefgehen. Der Weg von der Altstadt in die lange Fußgängerzone kam ihm bereits jetzt schon wie mehrere Kilometer vor. Langsam, sagte er zu sich. Und in Gedanken schickte er diesen Wunsch an Maxim Henndorf, der sehr kurz vor seinen Augen aufgetaucht war, bevor er erneut in der Dunkelheit verschwand. Der Park würde noch dunkler sein. Warum musste dieser Verrückte auch in der Nacht laufen gehen? Er versuchte, gleichmäßig zu atmen, als die ersten Seitenstiche kamen. Ich weiß nicht, ob ich das schaffe, zweifelte er und stöhnte, als wäre er gerade verletzt worden. Die Stiche in der rechten Seite piesackten ihn mächtig. Marike hätte ihre helle Freude an ihm. Wie gut, dass er eine Streife nahe dem Schloss Evenburg platziert hatte. Und eine zweite am Beginn der Allee. Ole musste stehen bleiben. Er war bisher knapp einen Kilometer vorwärtsgekommen und wagte einen Blick auf den roten Punkt, der sich auf dem Display stetig weiter Richtung Park bewegte. Er tippte eine kurze Nachricht: Langsamer!!! Hoffentlich nahm er das Ding mal in die Hand. Er lief weiter, anfangs schneller als zuvor, der Ehrgeiz packte ihn, Maxim Henndorf einzuholen. Wenigstens auf Sichtweite heranzukommen. Der Ehrgeiz verließ ihn abrupt, als ihm übel wurde und er mit aller Mühe den Brechreiz bekämpfte. »Scheiß drauf. Scheiß Ehrgeiz. Sollen ihn die Jungs um den Park herum im Auge behalten. Er beschloss, am Modehaus Leffers auf seinen Schützling zu warten. Tagsüber standen dort Sitzgelegenheiten. Des Nachts musste man zum Ausruhen steinigen Boden wählen. Er lehnte sich an die Fensterfront und hoffte, keiner der Anwohner würde auf dumme Gedanken kommen und seinetwegen die Polizei rufen. Er ärgerte sich, die gut drei Kilometer nicht geschafft zu haben. Er nahm sich vor, sich vom Dauerjogger Henndorf Tipps geben zu lassen. Für das nächste Mal. Wenn es denn ein nächstes Mal gebe. Er rief seine Kollegen an und bat sie um besondere Aufmerksamkeit. Jede Gestalt, die auf dem Weg vor oder hinter Maxim Henndorf auftauchte, sollte kontrolliert werden. Er sah unruhig auf das Handy. Die Trainingshose drückte ihn am Bauch und er musste die Jacke öffnen, weil er befürchtete, sie könnte ihn ersticken. Marike hatte gesagt, das alte Ding wäre ein bisschen zu eng. Er hatte ihre Besorgnis lächelnd abgetan.

»Mensch, wie lange dauert so ein Lauf denn?« Ole schimpfte leise vor sich hin. Bis ihm einfiel, was er geschrieben hatte. Er fasste sich an den Kopf und verfasste eine neue Nachricht: »Zügig weiterlaufen. Wir treffen uns in der Mühlenstraße bei Leffers.«

Endlich tauchte der doch deutlich Schlankere, wie Ole sich eingestand, unversehrt und nicht mal aus der Puste neben der Commerzbank auf. Im selben Moment kam die Meldung: Keine verdächtigen Personen unterwegs. Außer einer Person. Steht in Verkleidung vor einem stadtbekannten Kaufhaus.

»Idioten.«

»Was? Sehen Sie doppelt? Ich bin noch immer allein unterwegs.«

»Ach, meinen Kollegen ist langweilig. Lassen wir das. Haben Sie jemanden getroffen? Gab es Ungewöhnliches?«

Maxim hob die Schultern. »Nein. Alles wie immer. Sehr einsam um die Zeit. Und nein, mich hat keiner mit einem stumpfen Gegenstand bedroht. Die Streifenwagen sind nicht gerade unauffällig unterwegs. Ganz ist mir Ihr Plan nicht klar.«

»Kommen Sie. Wir gehen zurück.« Ole hatte schlechte Laune. Er wusste es selbst. Der Plan war eher eine Notlösung, da sie bisher vollkommen ahnungslos durch die Ermittlung tappten. Ausschließen war seine Devise. Gewesen. Denn alles, was auszuschließen war im persönlichen Umfeld, war inzwischen ausgeschlossen. Die Namen der Patienten wurden überprüft, abgeglichen und auch hier galt das Ausschlussverfahren.

»Wollen wir das Stück bis zum Büntinghaus laufen?«

»Machen Sie sich ruhig lustig über mich.«

»Mache ich nicht. Wir laufen in Ihrem Tempo. Und wichtig, das Atmen nicht vergessen. Kommen Sie.« Er trabte auf der Stelle und Ole Freerichs blieb nichts anderes übrig, er winkelte die Arme an und setzte seinen Körper, der ihm in dieser Nacht deutlich schwerer vorkam, als er überhaupt war, ein weiteres Mal in Bewegung.

»Na gut. Ein paar Tipps von Ihnen und ich laufe im nächsten Jahr den ›Ossiloop‹ mit.«

»Immer langsam, gleichmäßig und atmen. Und reden Sie nicht. Konzentrieren Sie sich auf die Schritte.«

Ohne neuerliches Seitenstechen lief der Hauptkommissar an der Seite von Maxim Henndorf brav bis zum buntesten Haus der Stadt. Gegenüber in der Altstadtbäckerei regte sich etwas. Ole seufzte. »Frühstück wäre nicht schlecht.«

»Zu früh. Die öffnen noch nicht. Ich habe zu Hause was für ein kleines Frühstück. Wenn Sie wollen, gehen wir, bevor ich die Praxis öffne, zum Fofftein.« Er fühlte sich schuldig an der Nachtschicht des Polizisten und wollte das irgendwie gutmachen.

»Das grenzt an Beamtenbestechung. Tee und Toast nehme ich gern an. Bei Ihnen. Mehr geht nicht. Wir Bullen haben strikte Regeln.«

»Als Bulle hat man es auch nicht leicht.«

Beide lachten, während sie die letzten hundert Meter in aller Ruhe gingen. Niemand von ihnen bemerkte den Mann, der aus der Heisfelder Straße wie sie in die Brunnenstraße eingebogen war und sie im Schutz der Dunkelheit beobachtete.

*

»Vorhin war ein gewisser Herr Klümer da. Ein Nachbar deines Psychologen.«

»Was wollte der denn? Warum hast du ihn nicht zu mir geschickt?«

»Du warst nicht da. Darum.« Polizeiobermeister Wilm Focken, ein langjähriger Kollege in der Polizeiinspektion Leer, sah Freerichs verwundert an. »Meinst du, wir anderen sind zu blöd, eine Aussage aufzunehmen? Willst du jetzt alles allein machen?«

»Reg dich ab. Ich bin der Ermittlungsleiter. Ich bestimme die Art und Weise der Ermittlung. Und ja, ich bin im Stress. Und ja, ich würde gern alles allein machen. Weil ich nämlich jeden Mist verantworten muss. Im Gegensatz zu dir, Wilm. Schieß los. Was wollte der Klümer? Das ist der Mann der Frau, die den Henndorf aus dem Bett geklopft hat. Die mit der empfindlichen Nase. Eigentlich müsste die einen Orden kriegen. Später vielleicht. Was sagt der Klümer?«

Wilm setzte sich. »Der hat einiges beobachtet. Der meint, der Henndorf hätte was mit einigen Patientinnen. Er nutzt die aus, sagt der Klümer.«

»Ach? Gibt es dafür Beweise?«

»Weiß ich doch nicht. Ich habe zufällig die Aussage aufgenommen. Vorhin. Und gedacht, weil du immer alles allein machen willst, ich übergebe dir das Protokoll und dann sehen wir weiter.«

»Das ist das erste Mal, dass dieser Verdacht geäußert wird. Gut, ich gehe dem nach. Ach ja, der Personenschutz wird erweitert, sprich, du bist gleich die Nachtschicht heute. Hast du Laufschuhe?«

Wilm Focken sah Ole Freerichs an, als würde er ihn nicht verstehen. »Ihr gebt den persönlichen Schutz auf? Wie soll ich das verstehen?«

»Ganz einfach. Nachtschicht bedeutet nicht schlafen, sondern Maxim Henndorf nicht aus den Augen lassen. Ab drei Uhr ist bei dem die Nacht vorbei. Du gehst am besten gleich im Jogginganzug hin. Dann machst du nichts falsch. Alles andere übergibt dir die Spätschicht. Das bin ich. Ich muss los. Beim Klümer schaue ich vorbei. Steht die Adresse auf dem Protokoll?« Mit der Frage wollte er absichtlich provozieren. Dieses Mal sprang Wilm nicht darauf an. Er war noch zu sehr über die bevorstehende Nachtwache verwundert.

*

»Klaus Klümer? Sie haben eine Aussage gemacht, die Ihren Nachbar Doktor Maxim Henndorf beschuldigt. Ist das richtig?«

Klaus Klümer saß nervös auf dem Stuhl. Seine Frau stand hinter ihm und schüttelte den Kopf. »Das hat der Klaus nicht gemacht. Er geht doch nicht zur Polizei und haut den Doktor in die Pfanne. Wie kommen Sie auf so was?«

»Hm.« Mehr sagte der Hauptkommissar nicht. Er schaute kurz zu ihr, nickte. Mehr nicht. Aus Erfahrung wusste er, der Rest kam oft von allein.

»Klaus? Bist du von allen guten Geistern verlassen? Hast du denen etwa erzählt, was dir einer dieser alten Dösel heute auf dem Markt gesagt hat? Klaus!«

Klaus antwortete nicht. Er wischte imaginäre Brösel vom glänzenden Tisch.

»Sie wissen davon? Wer hat Ihnen was erzählt, Frau Klümer? Auf dem Markt? Hier in Leer?«

Sie setzte sich auf die Eckbank. »Herr Hauptkommissar. Meinem Mann ist der Großalarm letztens zu Kopfe gestiegen. Glaube ich. Der ist sonst ganz anständig und glaubt nicht alles, was andere sagen. Na gut, die Leute, die zum Doktor kommen, sind manchmal merkwürdig. Sollen ja alle schwer krank sein. Manche sogar vorbestraft. Aber ich sag immer: Die können nichts dafür. Und der Doktor sorgt dafür, dass sie nie wieder was Schlimmes machen.«

»Bei manchen ist nichts zu machen. Da ist es angeboren. Weißt du doch, Heike. War letztens gerade wieder im Fernsehen.« Aus Klaus Klümer brach es heraus. »Und dann machen sie es wieder und anschließend hat keiner Schuld dran.«

»Klaus! Der Doktor würde so jemanden nie in sein Haus lassen! Der deckt garantiert keine Kinderschänder.«

»Wie kommen Sie auf all das? Und was hat Ihre Beschuldigung damit zu tun? Herr Klümer, Sie haben gesagt, Herr Henndorf würde seine Stellung missbrauchen und etwas mit seinen Patientinnen anfangen. Das kann man doch nicht grundlos in die Welt setzen?« Freerichs versuchte, Ruhe zu bewahren. Soweit es ihm möglich war. Das konnte tatsächlich weitreichende Folgen haben, sobald die Öffentlichkeit davon erfuhr. »Wissen Sie, dass derart schwere Anschuldigungen Herrn Henndorfs Existenz bedrohen? Wie kommen Sie dazu?«

»Der hat Dreck am Stecken. Bestimmt. Warum sonst versucht jemand seit Wochen, diesen Menschen umzubringen? Oder er fingiert das alles.« Klaus Klümer sprach »fingiert« extra langsam aus. Der Hauptkommissar sollte sehen, dass er sich gewählt ausdrücken konnte. Er war schließlich lange genug im Gastgewerbe tätig gewesen. Er war nicht irgendwer. »Ich bin Klaus Klümer, ein Bürger dieser Stadt. Und es ist meine Pflicht, unsere Kinder vor Übergriffen zu schützen.«

»Klaus, du bist irre. Du musst zum Arzt. Du spinnst. Du drehst durch. Wird Zeit, dass du mal wieder was arbeitest. Die viele Freizeit zersetzt dein Gehirn!« Heike Klümer stand auf, trat in den Flur, redete von dort aus, kam zurück und setzte sich erneut hin. »So weit ist es mit dir gekommen? Ich schäme mich. Aber echt.«

»Danke, Frau Klümer. Besser hätte ich es nicht ausdrücken können.«

»Na, hör'n Sie mal. Sie, die Obrigkeit, kümmern sich doch gar nicht mehr um Leute wie uns. Wir, die ganz unten stehen, die gerade so über die Runden kommen. Sie machen das, was die über Ihnen sagen. Müssen Sie ja. Wird Zeit für eine andere Regierung!«

Heike Klümer hieb die Faust auf den Tisch. »Nun schlägt's dreizehn. Gleich morgen gehen wir los und suchen dir eine anständige Beschäftigung. Da hat ein noch älterer Sack, als du es bist, dich vor seinen Karren gespannt. Und du rennst rum wie einer der Lemminge. Herr Hauptkommissar, können Sie den Klaus mitnehmen und ihn mal in eine Zelle sperren? Damit er merkt, was für einen Unsinn er von sich gibt! Bitte!«

»Heike, du willst mich ins Gefängnis bringen? Nur weil ich meine Bürgerpflicht ernst nehme, im Gegensatz zu den meisten anderen, die immer weggucken?«

»Wenn du nicht sofort den Mund hältst und deine Beschuldigung zurücknimmst, kannst du dir eine andere Bleibe suchen!« Heike Klümers Zorn war groß und selbst der Hauptkommissar schreckte zusammen.

»Das kannst du nicht machen. Heike, das ist unsere Wohnung. Wo soll ich hin?« Klaus Klümer sah bestürzt von ihr zum Hauptkommissar. Der heldenhafte Bürger brach innerhalb weniger Sekunden zusammen.

»Das ist mir egal. Ich will dich, wie du früher warst. Bevor du alles schlecht gemacht hast und vor allem, bevor du anderen Griesgrämigen mehr vertraut hast als mir. Du kannst bleiben, wenn du alles zurücknimmst. Wenn du dich beim Doktor entschuldigst. Und wir suchen dir was zum Arbeiten.«

Ein letztes Aufbäumen, ein letztes »Aber!«, dann war es vorbei. Klaus Klümer stimmte allen Bedingungen zu.

»Jetzt, wo Ihre Ehre gerettet ist und Sie sich besonnen haben, sollten Sie mir den Mann beschreiben, der Ihnen all die Flausen ins Ohr gesetzt hat.«

Eine halbe Stunde später verließ Ole Freerichs die Wohnung der Klümers und hatte eine Personenbeschreibung. Die, wie er hoffte, die seines Täters war. Ein Mann zwischen fünfundsechzig und fünfundsiebzig, sehr kurz geschorenes weißes Haar. Helle Sportschuhe, kurze Hose. Viel mehr war aus dem geknickten Volkshelden nicht herauszubekommen. Ein Anfang wenigstens. Mit den neuen Erkenntnissen lief er beschwingt die wenigen Meter bis zum Eingang seines Schützlings. Hauke würde nicht froh über seine Verspätung sein. Ein wenig verließ seinen Kollegen das zupackende Wesen wieder, das ihn seit Sonntag besetzt gehalten hatte.

Kapitel 18

Die Personenbeschreibung, die aus Klaus Klümer mühsam hervorgebracht werden konnte, hatte die Pressestelle der Polizeiinspektion nach Freigabe veröffentlicht.

»Dass so etwas immer so lange dauern muss.« Hauke Runge wunderte sich seit Jahren über die vielen Steine, die ihnen in ihrer Arbeit vor die Füße geworfen wurden. Jetzt hatte es zwei Tage gebraucht, bis endlich Klümers Beobachtung an die Öffentlichkeit kam. Niemand wollte unbescholtene Rentner in Verruf bringen. Denn die Beschreibung passte auf mindestens jeden dritten älteren Herrn. Auch gingen nicht wenige ältere Herren am Mittwochvormittag auf den Leeraner Wochenmarkt.

»Tja, mir geht das auch zu langsam. Aber egal, wie schnell das auch geht, es werden wahrscheinlich hunderte Männer hergebracht werden, die Klümers Mann in irgendeiner Weise ähnlich sehen. Wir werden tüchtig sieben müssen. Nun eben etwas zügiger. Das Täterprofil von Henndorf hätte ich gern dazugegeben. Leider spielt der Chef nicht mit. Der meinte, sein Vater sehe genauso aus wie Klümers Beschreibung und der Charakter gliche dem Täterprofil. Und angeblich kennt er eine ganze Menge, auf die das zutrifft. Ich überlege, ob wir nicht Herrn Sielmann einen Besuch abstatten sollten.« Ole Freerichs grinste.

Hauke erwiderte das Grinsen. Aus vollstem Herzen. »Ich bin dabei. Wenn wir dem dann noch sagen, der Tipp käme von seinem Sohn persönlich, na, die Augen möchte ich sehen.«

»Denk an deine Pension. Wer weiß, was der Chef mit uns anstellt, wenn wir das wahr machen.«

»Ach, Tomke wäre noch stolzer auf mich.«

»Sicherheitshalber schaue ich mal nach einer Verbindung zwischen dem alten Sielmann und Henndorf. Oder zu den Niersens. Falls es einen Treffer gibt, müssen wir das überprüfen. Egal, was der Chef dazu meint.«

»Volle Pension wäre schon schön. Ich glaube nicht an eine Schuld des alten Sielmann. Wäre zu blöd.« Hauke ruderte zurück. Die anfängliche Begeisterung, seinem Chef eins auswischen zu können, vor allem auch wegen der längst überfälligen Beförderung, schwand. Er presste die Lippen eng zusammen: »War sowieso nicht dein Ernst, oder?«

Ole grinste noch immer: »Warten wir es ab. Die Kleidung lag doch ein wenig neben dem Stil vom alten Sielmann. Den kenne ich bisher nur in Hemd, Krawatte und Anzug. Ich kann mir die beschriebene Freizeitkleidung bei dem eher schlecht vorstellen.«

Erleichtert griff Hauke zum Telefon. »Das muss ich Tomke erzählen.«

»Lass das. Bitte.« Ole versuchte seit dem tapferen Versuch seines Kollegen, erneut im Beruf durchzustarten, höflicher zu ihm zu sein. Und ein wenig verständnisvoller. Ihm war nie bewusst gewesen, wie viel Hauke eine Beförderung bedeutete. Er hatte es ihm gesagt, letztens, nachdem sie versucht hatten, das furchtbare Wochenende aufzuarbeiten, an dem nicht nur viele Menschenleben in der Altstadt auf dem Spiel gestanden hatten, sondern genauso ihre langjährige Zusammenarbeit. Sie waren Kumpel geworden im Laufe der Zeit und sehr lange konnte einer dem anderen fast blind vertrauen. Bis Hauke keine Lust mehr hatte, nachdem Ole ihn rangmäßig überholt hatte. Ole glaubte zwar nicht an eine vollkommene Generalüberholung eines Menschen, manche Charakterzüge blieben einfach. Schließlich konnte niemand über seinen eigenen Schatten springen. Trotzdem würde ihm der alte Hauke genügen. Mit allen Schwächen. Und vor allem mit seinen Stärken. Notfalls würde Tomke ab und zu ein ernsthaftes Wörtchen mit ihrem Mann reden. Das hatte bisher immer geholfen.

»Ein Witz. Sei nicht so biestig. Ich rufe mal Keno an. Die hatten Spucke oberhalb vom Gashahn entdeckt. Weißt du doch. Vielleicht gibt es eine Übereinstimmung.«

»Oh, das wäre zu schön. Dann könntest du deinen Urlaub genießen und ich würde meine Kinder einfach mal anschauen. Tagsüber. Und ihnen zusehen. Wie sie spielen oder wie sie Hausaufgaben machen.«

»Moin. Keno, hier ist Hauke. Wat gifft Neet? De Spei?«

Er sah Ole bedeutungsvoll an und sagte: »Ach nee … Hm.« Er beendete das Gespräch. »Die Spucke gehört zu keiner überprüften Person. Leider auch zu keinem aus unserem System. Zum alten Sielmann vielleicht?«

»Das Glück meint es gerade nicht sehr gut mit unseren Ermittlungen. Der Typ spuckt in der Weltgeschichte rum, er lässt sich womöglich über sein Opfer mitten auf dem Markt aus – der verarscht uns. So richtig.«

»Er macht Fehler. Das ist was, das bringt uns weiter. Wir werden ihn kriegen. Es ist eine Frage der Zeit. Allerdings finde ich es unverschämt, dass er sich den Urlaubsmonat für seine Spiele ausgesucht hat.«

Ole sah Hauke an. Da war er, der alte Hauke. »Urlaubsmonat, hah! Du kannst dich ja mal bei der Gewerkschaft beschweren und verbrechensfreie Monate einfordern. Mal sehen, was die sagen. Du kannst auch eine Partei gründen, die das auf dem Zettel hat. Damit kommst du auf Anhieb in den Landtag. Wetten?«

»Hauke Runge im Landtag? Das fehlte mir noch.«

Sie versuchten beide, den herben Schlag mit der Spur ins Leere zu verdauen.

»Kaffee oder Tee?« Ole war bereit, den Laufburschen zu spielen.

»Tee. Aber frisch gebrüht.«

»Was sonst?« Er nahm die Kanne und ging damit zur Tür.

»Hey, Schüsse in der Altstadt.« Wilm Fokkens kräftige Stimme hallte durchs Haus. Zur gleichen Zeit klingelten sämtliche Telefone im Büro. Ole stürzte zurück und nahm das Festnetzgerät aus der Halterung. Er hörte angespannt zu, warf das Telefon auf den Tisch und winkte Hauke mit dem Kopf zu, ihm zu folgen. »Einsatz. Mehrere Schüsse in der Brunnenstraße. Los.«

Das Blaulicht brachte sie bis zur Ecke der Onno-Klopp-Straße. Sie waren nicht die Ersten. Die diensthabenden Personenschützer lauerten bereits dort und versuchten diesen Teil der Brunnenstraße zu sichern. Weitere Streifenwagen näherten sich, ein Krankenwagen blieb stehen, mitten auf der Straße. Fußgänger waren aus dem Straßenabschnitt vollkommen verschwunden.

»Ein paar Schüsse sind gefallen. Eine Frau beim Griechen schrie und stürzte. Ich bin sofort zu ihr, Edwin hat die Leute in Sicherheit gebracht. Dann fiel noch ein Schuss. Wir denken, das kam aus einem der Obergeschosse hier.«

»Was noch, Matti? Die Frau? Was ist mit der?« Ole versuchte, die übliche Maschinerie anzuwerfen. Doch bisher war er in keine einzige solche Situation geraten.

»Ist okay. Sie sagt, sie hat die Kugel gehört, wie sie an ihrem Kopf vorbeischwirrte. Soweit ich sehen konnte, gibt es keine Verletzten.«

»Der schießt doch nicht einfach in die Luft. Am helllichten Tag!« Hauke sah kritisch von einem Oberfenster zum anderen. »Seht euch das mal an. Die Leute hängen am Fenster. Jeder Einzelne von ihnen ist ein ganz leichtes Ziel. Wie blöd muss man sein!« Er gab eine Anweisung durch eines der Funkgeräte. »So, gleich kommt die Durchsage und wenn ich dann noch einen von den Lebensmüden am Fenster sehe, kralle ich mir die persönlich.«

Eine Megafonstimme brüllte über Haukes letzten Satz und brachte auch die letzten Menschen dazu, ihre Fenster zu schließen. Die Passanten waren klugerweise bereits hinter fremden Haustüren verschwunden. Irgendwo weinte ein Kind laut und verstummte abrupt. Nach der Warnung herrschte für ein paar Sekunden Totenstille.

Ole war Hauke dankbar für die Initiative. »Hauke, du machst weiter. Edwin bleibt da. Matti, dich nehme ich mit. Ich habe ein ganz schlechtes Gefühl. Wenn bisher keiner getroffen wurde, ist das womöglich ein Ablenkungsmanöver. Er ist es. Ich bin mir sicher. Er ist hier. Nicht weit von uns. Ist Henndorf etwa allein?«

Matti hob die Arme. »Was sollten wir machen? Die Schüsse. Die Frau. Die vielen Leute in der Altstadt. Der Alte ist bei ihm.«

»Mensch, der Alte ist Ubbo Niersen und kein Superman. Wie soll er einem bewaffneten Mann begegnen? Matti, los. Hauke und Edwin geben uns Feuerschutz. Hauke, sorg dafür, dass ein paar der Kollegen sofort das Haus von Henndorf umstellen. Wir müssen mit allem rechnen. Los!«

Er rannte mit gezückter Pistole in die Brunnenstraße und bog rechts ein. Matthias Franke folgte ihm, ebenso die Waffe in der Hand. Er hoffte bloß, dass kein weiterer Schuss gerade jetzt fiel und zufällig ihn traf. Er wollte demnächst heiraten und seine Suse war schwanger, wovon sie erst am Tag der Hochzeit allen erzählen wollten. Er wollte weiterleben. Auf jeden Fall.

»Matti! Komm! Der schießt nicht mehr. Hier nicht!« Ole rief hinter sich nach seinem Kollegen. Er konnte sich vorstellen, was in ihm vorging.

»Lauf. Ich bin direkt hinter dir. Der kann überall sein.« Sie riefen gedämpft dem anderen die Worte zu, damit niemand außer ihnen beiden verstand, worum es ging. Vor allem sollten die ängstlich hinter den Wohnungs- und Ladentüren Kauernden nicht mithören.

Sie erreichten die Einfahrt zum Haus von Maxim Henndorf gleichzeitig mit einem der Streifenwagen. Ole schrie etwas durch die geöffnete Scheibe, was nach »Der ist da drin! Umstellen! Ruhe bewahren« klang, und rannte noch vor dem Auto den schmalen Weg entlang. Matti schrie seinerseits, aber ohne beim Laufen eine Pause einzulegen: »Der Mann ist gefährlich!«

Sie kamen gleichzeitig an. Er sah bei den Klümers einen blonden Kopf am Fenster, sonst nichts. »Matti, du hinten, ich vorne. Nimm dir einen Kollegen mit.« Der Streifenwagen blieb neben Maxims Volvo stehen. Die beiden Insassen sprangen heraus. »Zuschlagen erst, wenn ich es sage. Wir dürfen niemanden gefährden.«

Alle waren mehr als aufgeregt. Seit dem letzten Jahr, als es hieß, jemand hätte einen Terroranschlag auf den Bahnhof Leer geplant, waren sie gewappnet. Meinten sie zumindest. Der Terroranschlag war keiner, nur ein herrenloses Gepäckstück hatte eine ganze Stadt in Aufruhr versetzt und den Zugverkehr zwischen Norddeich und Oldenburg für viele Stunden zum Einsturz gebracht. Dieses war eine andere Sache. Mehrere Schüsse abgegeben in einer stark besuchten Altstadt. Wenn der Hauptkommissar es nicht besser gewusst hätte, hätte er vielleicht angenommen, einer dieser Selbstmordattentäter wäre unterwegs. Sie hatten es mit Terror zu tun. Keine Frage. Doch der Terror galt im Prinzip nur einem einzigen Menschen. Im Grunde wollte er keine anderen damit treffen. Dieser eine sollte getroffen werden. Erst die Ehre, dann das Leben. Das musste Ole Freerichs unbedingt verhindern. Er wartete ab, bis Matti vermutlich am Hintereingang angekommen war. Dann hämmerte er kräftig an der Tür: »Bitte öffnen. Das Haus ist umstellt.« Nichts. Keine Schritte. Keine Antwort. War es bereits zu spät? Hatte er sich zu viel Zeit gelassen? »Herr Henndorf!« Er beschloss, nicht länger zu warten. Weitere Kollegen betraten den Hof, alle versuchten, im Schutz der umstehenden Häuser zu bleiben. »Wir gehen rein!« Er flüsterte das dem Kollegen zu, der neben ihm stand, der gab es im Funkgerät weiter. Das entsprechende Gerät wurde angefordert. »Wir können nicht warten. Jetzt!« Er fasste kurz den Griff, erwartete eine verschlossene Tür und war umso mehr erstaunt, als sie sich ihm öffnete. »Verdammt. Der ist drin.« Er hob die Waffe in Brusthöhe und glitt lautlos in den Flur.

»Herr Freerichs! Was soll das?« Ubbo Niersen hielt die Hände gestreckt über den Kopf. »Wollen Sie mich erschießen?«

Freerichs ließ die Waffe sinken. »Wo ist Henndorf?«

»Na, in der Praxis. Er hat einen Patienten.«

»Das glaube ich nicht. Die ganze Stadt wird beschossen, aber Ihr verehrter Schwiegersohn bekommt nichts von alldem mit. Er hat schließlich eine Patientin!« Vor lauter Erleichterung war er ungerecht. Und auch wütend. Dieser Schnösel tat, als ob nichts geschehen war. »Haben Sie von den Schüssen nichts mitbekommen?«

»Schüsse? Wo?« Ubbo Niersens eigentlich immer etwas rötliches Gesicht wurde blass. »War das *der*?«

»Ist bei Ihnen wirklich alles in Ordnung?«

Ubbo Niersen nickte.

»Ich muss mich davon selbst überzeugen!« Ohne zu fragen, befahl er seinen Leuten, die inzwischen im Haus waren und auf Anweisungen warteten, jeden Raum zu durchsuchen.

»Sie können nicht in die Praxis. Ich hole ihn.« Ubbo wollte an Ole Freerichs vorbeilaufen, was der nicht zuließ. »Halt! Sie gehen mit zur Inspektion. Traue nie dem treuen Diener.«

»Sie meinen, ich hätte was mit allem zu tun? Ich habe seit Jahren nicht mehr geschossen. Und warum sollte ich Maxim etwas antun?«

»Sie gehen mit. Sie werden auf Schmauchspuren untersucht. Ihr Schwiegersohn ebenso. Sicherheitshalber. Und dieser komische Nachbar, der Klümer, auch. Und die sogenannte Patientin. Wer ist das eigentlich? Prüft, ob die schon angesehen wurde. Matti, du sorgst dafür, dass keiner von denen verschwindet.«

*

Die Suche nach Schmauchspuren oder nach anderen Spuren ergab nichts. Ole Freerichs saß Maxim und Ubbo gegenüber. Hauke war kurz nach Hause gefahren, um sich umzuziehen. Der Abend rückte näher. Der Tag lag noch nicht hinter ihnen. Es war heiß und schmutzig gewesen. Er sehnte sich nach Marike. Und nach den Kindern. Nach ihrem Lachen, und er stellte sich vor, wie er mit ihnen in den selbst gebauten Pool sprang.

Maxim beobachtete den Hauptkommissar und dessen Mienenspiel. »Sie können nichts dafür. Der hat uns reingelegt. Er hat aus Spaß geschossen, nicht um zu töten. Er will Angst und Unsicherheit verbreiten. Er will zeigen, wie sehr er alles im Griff hat. Mit *alles* meine ich mich. Er lenkt den Personenschutz ab, wie es ihm gefällt. Er zeigt, wie sinnlos ein Personenschutz für mich ist. Ich glaube, mit dieser Aktion will er sagen: Schaut her. Für den Psycho haben sie Personal. Währenddessen könnten anderswo Leute sterben. Es ist ein Signal an Sie. An die Polizei. Sie sollen zwar Ihre Pflicht erledigen, doch seiner Meinung nach ist es nicht Pflicht der Polizei, mich zu schützen. Er will den Personenschutz beendet sehen.«

»Das glaube ich nicht. Ich glaube, er denkt nicht so weit. Er macht seine Sachen und fertig. Er kann kaum meinen, die Polizei und deren Arbeit manipulieren zu können. Ich leite die Ermittlungen. Da müsste er schon mich ausschalten.«

»Sie leiten die Ermittlungen, das ist richtig. In meinem Fall. Falls nun jemand darauf kommt, die Schüsse heute in der Altstadt hätten rein gar nichts mit mir zu tun?«

»Das ist ausgeschlossen. Ihr Haus ist nicht weit entfernt von dem Ort, an dem die Schüsse abgegeben worden sind. Das Haus ist ermittelt. Leider ist das Obergeschoss dort durch den Eingang eines Geschäfts zu erreichen. Ein gut besuchtes Geschäft. Das ›Neues vom Ostfriesen‹ ist der große Renner in der Altstadt. Und da gehen jeden Tag Massen von Männern rein und raus, die zu Klümers Beschreibung passen.

»Ich möchte mit Klaus Klümer sprechen. Vielleicht kann er mit dem Abstand zum Gewesenen den Mann doch besser beschreiben. Etwas muss es geben, was ihn von anderen unterscheidet. Die Leute machen immer den Fehler und meinen, vergleichen zu müssen. *Sieht aus wie meine Oma* oder *geht wie mein Bruder*. Alles interessante Dinge, doch kaum hilfreich, es sei denn, die Oma hätte zwei Köpfe gehabt oder der Bruder hinkt deutlich auf einem Bein. Damit könnte man jemanden finden: Also jemanden mit zwei Köpfen sowieso, aber auch jemand, der auffällig hinkt, fällt ins Auge.«

Ubbo Niersen nickte beifällig.

»Wollen Sie mir auch sagen, wie ich meine Arbeit zu machen habe?« Ole Freerichs gab Maxim Henndorf im Stillen recht, hätte es auch gern laut zugegeben, aber vor Ubbo Niersen fiel es ihm schwer.

»Nein, das will ich nicht. Ich stimme Maxim zu. Und dass es passieren kann, die Schüsse einem anderen unterzujubeln als dem, der es auf Maxim abgesehen hat, wäre kaum verwunderlich. Die Meinung der Masse ist leicht durch wenige beeinflussbar. Und die Masse steuert anschließend andere, die eigentlich anderes vorhaben.«

»Was haben Sie unterrichtet? Politik?«

»Hätte ich das mal. Stattdessen Mathematik, Musik und Sport.«

Ole Freerichs schwieg ob der Fächerkombination. »Lassen wir das. Ich werde Personenschutz belassen und für den Schutz der Altstadt Personal anderer Inspektionen anfordern.«

»Was sagt Sielmann dazu?«

»Sie kennen meinen Chef? Die Welt ist ein Dorf. Ich bin leitender Ermittler.«

»Wir kannten uns einmal.«

Maxim Henndorf hörte an der Stimmlage Freerichs', dass es gewisse Unstimmigkeiten geben könnte. Er wünschte dem Hauptkommissar zwar nur das Beste, jedoch weniger Polizeipräsenz um sich herum wünschte er sich wesentlich mehr.

»Vorhin waren die beiden Damen da, als man Sie noch kriminaltechnisch untersuchte. Sie wissen, diese beiden aus dem Park. Frau Klöpfer und Frau Ensen. Sie haben sich nach Ihnen beiden erkundigt. Und wollten Stein und Bein auf Ihre Unschuld schwören. In welchem Verhältnis stehen Sie vier zueinander?«

Maxim verzog das Gesicht zu einem kleinen Lächeln. »Ach, ich dachte fast, die wären weggezogen. Ich habe relativ lange keine von beiden zu Gesicht bekommen. Ubbo, weißt du was?«

Ubbo Niersen wiegte den Kopf sehr langsam hin und her, die Gesichtsmuskulatur dabei angestrengt angespannt.

»Ubbo? Ist schon in Ordnung.«

Der war erleichtert. »Nun ja, wir haben ein paarmal telefoniert. Und Tee getrunken. Helga hat eine Hand für den richtigen Tee. Und die Backkünste von Biggi kennst du ja. Sie sind so nette Frauen. Und haben sich andauernd nach dir erkundigt. Sie fühlen sich irgendwie schuldig am Ganzen.«

»Schuldig? Hat denn eine von beiden Ihrem Schwiegersohn im Park was auf den Kopf gegeben?«

»Ich schlage vor, Sie untersuchen die beiden auf Schmauchspuren. Man kann ja nie wissen. Denen traue ich alles zu.«

Maxim unterbrach Ubbo. »Lass das. Ich fürchte, die Polizei versteht wenig Spaß.«

»Ich bin für jeden Spaß zu haben. Wenn der nichts mit meinen Fällen zu tun hat. Und wenn die beiden Frauen ihren Spaß dabei haben, mir ständig vor die Füße zu laufen, müssen sie erst recht als Verdächtige ausgeschlossen werden. Oder eben nicht ausgeschlossen werden. Das wird gerade erledigt. Um sicherzugehen. Irgendwie tauchen die immer auf, wenn mit Ihnen was ist. Sehr merkwürdig.«

»Immer ist ja nun übertrieben. Ich habe sie eine Weile nicht mehr gesehen.« Maxim wollte endlich nach Hause. Sich in einen Sessel setzen, eines von Imkes Büchern in die Hand nehmen und an sie denken. Nichts beruhigte ihn so wie dieses Ritual.

»Ich schon. Die machen meiner Truppe keine schlechte Konkurrenz. Haben Sie das gewusst?«

Ubbo Niersen sah bewusst unschuldig aus dem Fenster, was er bei seinen Schülern früher selbst sofort durchschaut hatte, und Maxim war anzusehen, dass er absolut keine Ahnung davon hatte.

Kapitel 19

»Ich lege ihm einen Apfel auf den Kopf und er bemerkt nichts davon. Dabei ist der Apfel nicht das Ziel wie bei Tell. Sein Kopf ist das Ziel. Sein Kopf ist der Preis. Wenn ich den in den Händen halte, tanze ich Tango. Bevor ich mit dem blutenden Schädel Fußball spiele. Ostfriesenliga. Die Sache mit dem übergriffigen Therapeuten ist große Klasse. Erste Liga. Der Nachbar hat nicht getaugt, der war zu blöd, hat es sich anders überlegt. Dabei ist die Idee richtig gut. Etwas davon bleibt an ihm hängen. Ich will das so. Das Rumballern war ein toller Spaß. Ich hätte gern weitergemacht. Die Alte sollte einen Streifschuss kriegen. Hat nicht ganz gereicht. Das nächste Mal eben. Der Kommissar rennt rum wie eine Marionette. Ich könnte ewig so weitermachen. Auch wenn es schwer geworden ist, ihn allein zu erwischen. Und das muss sein. Zu guter Letzt. Beim Finale. Er soll mir zuhören. Dabei soll er zittern und weinen. Und er soll bereuen. Alles. Und dann soll er gehen. Für immer. Die Menschen befreien von einem wie ihn. Von einem Dreckschwein. Von dem Dreckschwein. Der dicke Polizist machte die Nachtschicht nicht mehr. Der Einzige, der nicht ganz blind und abgestumpft war. Der andere war faul. Ließ ständig die Tür offen, sah sich nicht um. Und die komischen Frauen um den Psychodösel. Die Liste wuchs, auf der er Personen sammelte, um die es nicht schade war. Die neugierigen Weiber, der komische Riese, der trottelige Nachbar, dessen naseweises Weibsbild. Der alte Mann von der Ampel nicht. Nein, das war ein Unfall. Dafür war allein das Dreckschwein verantwortlich.« Er nickte seinem Spiegelbild wutentbrannt zu.

Seine Beschreibung stand in der Zeitung. Na und? Nicht mal richtig. Das musste von dem bekloppten Nachbarn kommen. Der hatte es nicht gesehen. Wie die meisten anderen nicht. Jeder sah das, was er wollte. Er hob seine Hand vor den Spiegel, spreizte sie. Normal – für ihn. Der Trottel hatte ihm dankbar die Hand gedrückt. Diese Hand. Dabei hatte er versucht, ihm die andere zu geben. Der Trottel war schneller gewesen. Dafür ist er viel dümmer.

»Bald ist es so weit. Es naht. Alles findet sich. Einmal muss es zu Ende gehen. Du hast immer gesagt: Man soll aufhören, wenn es am schönsten ist. Mag sein. Ich vermisse dich, jeden Tag. Und es kann nicht leichter werden, solange der Seelenguru, der alles kaputt kriegt, arbeitet und lebt. Er wird arbeiten, selbst wenn ich ihm öffentlich das Handwerk lege. Auch deshalb muss er sterben. Auch. Vor allem aber, weil er es nicht verdient hat, weiter zu leben. Auf dieser unserer Erde und dabei Freude zu verspüren, während er dich mir entrissen hat. Erst hat er dich mir entfremdet, dann hat er dich mir ganz genommen. Das Psychohaus wird mit ihm untergehen. Und jeder, der sich mir in den Weg stellt, wird den gleichen Weg gehen.«

Er strich sich verstohlen über die Augen. »Für dich, Liebste.«

Kapitel 20

Die ersehnte Ruhe kehrte zurück. Sein Personenschutz war nicht mehr engmaschig und es gab Stunden, da spürte er so etwas wie neu gewonnene Freiheit. Die Polizei hatte alle Hände voll zu tun, um den entfachten Terror in Leer in Griff zu bekommen. Die Waffe, aus der geschossen wurde, war ein Kleinkaliber und stammte aus alten Armeebeständen. So viel zur Habenseite. Weitere Erkenntnisse gab es nicht. Ole Freerichs gab sein Bestes, um die Ermittlungsleitung auch in dem Fall behalten zu können. Der Staatsschutz griff ein und Maxim befürchtete, dort gab es andere Präferenzen. Niemand von denen würde sich die Mühe machen und die Mordversuche an einem unbedeutenden Psychologen in Verbindung zu einem weitaus größeren und vor allem bedeutungsschweren Verbrechen zu bringen. Es gab nicht wenige Hausdurchsuchungen bei einschlägig bekannten, aber auch bei vollkommen unbescholtenen Menschen, deren einziger Fehler war, nicht in Deutschland geboren zu sein.

Maxim hatte ein paarmal versucht, die verantwortlichen Ermittler zu sprechen. Aber deren Telefonnummern waren derart geheim, dass sie sogar Ubbo Niersen mit all seinen Verbindungen verborgen blieben. Die hiesige Polizei durfte ohnehin vor lauter wichtiger Geheimhaltung gar nichts erfahren. Klaus Klümer sprach nicht mit ihm, selbst seine Frau machte einen Bogen.

Er schob die Grübeleien beiseite und sah in seinen Kalender. Alfred Ekken und Isabel Lohne waren langjährige Patienten. Der erste Name für den frühen Nachmittag sagte ihm nichts. Burkhard Klankowski. Er hätte gern Daniela gefragt, warum der Mann zu ihm käme. Denn sie nahm alle Terminanfragen entgegen und stufte sie nach Dringlichkeit ein. Doch sie war Donnerstag nie da. Zu Hause mochte er sie nicht stören. Und ein wenig schwelte noch die Sache mit den Patientendaten zwischen ihnen. Er wusste zwar, sie hatte ihn schützen wollen, aber er hatte ihr trotzdem eine mündliche Abmahnung gegeben, nachdem sie es ihm viel zu spät gestanden hatte. So etwas konnte er sich einfach nicht erlauben.

Maxim griff in die Schublade, in der das Smartphone lag, das Freerichs ihm zur Verfügung gestellt hatte. Er hatte mehrfach versucht, es dem Hauptkommissar zurückzugeben. Der allerdings ließ das nicht zu. »Ich kann nicht mehr viel für Sie machen. Tun Sie mir wenigstens den Gefallen und tragen Sie das Teil eingeschaltet bei sich, wenn Sie mutterseelenallein joggen.« Maxim tat das. Manchmal. Meistens nicht. Jetzt schaltete er es ein und öffnete die Suchmaschine. Der Suchbegriff Burkhard Klankowski brachte ihm, wie merkwürdig, keinen einzigen Treffer. Es gab eine Menge Treffer mit ähnlichen Nachnamen, doch Klankowski gab es im weltweiten Internet scheinbar nicht. Er mochte es, wenn er ein gewisses Grundwissen von neuen Patienten hatte. Dann konnte er sich auf ihn oder eben auf sie einstellen. Konnte sich im Vorfeld ein paar Gedanken machen. Schon das, was der Mann bei seinem Anruf gesagt hatte, hätte helfen können. Ob er doch ganz kurz bei Daniela anrief? Hatte sie nicht an diesem Nachmittag einen Arzttermin? Er müsste sie auf dem Handy erreichen. War das notwendig? Sie hielten ihn ja alle ohnehin oft genug für zwanghaft. Ja, er brauchte Rituale. Schon immer. Seit er denken konnte. Er zog niemals nicht zusammengehörende Socken an. Er merkte es sofort, wenn die Strümpfe lediglich optisch harmonierten, er aber zwei rechte oder linke an den Füßen trug. Das mochte für andere übertrieben wirken, er fürchtete, Daniela wusste davon, weil Imke es ihr vor Jahren einmal erzählt hatte. Daniela hatte für solche Sachen wenig Verständnis.

Maxim stand auf und schaute zum Fenster hinaus. Es zeigte in den Hinterhof, der nicht weit von der Leda entfernt war, ein schmaler Streifen Promenade war zu erkennen. Das kleine Mittagessen im Fofftein hatte ihm gutgetan. Ein Stück heile

Welt. Enno hielt nichts von den ganzen Verschwörungstheorien, die seit den Schüssen vor ein paar Tagen die ostfriesische Geduld sehr auf die Probe stellten.

Es klingelte an der Vordertür. Er hatte versprochen, sie nicht mehr offen stehen zu lassen. Daniela, er und Ubbo besaßen Schlüssel. Sonst niemand. Er ging aus seinem Büro, warf einen Blick in den Behandlungsraum und öffnete danach die Haustür. Ein Mann sah ihn vorsichtig an.

»Herr Henndorf? Doktor Henndorf?«

»Ja, der bin ich. Sie sind Herr Klankowski?

»Stimmt genau. Burkhard Klankowski. Vorbereitet wie immer.«

Maxim ließ ihn eintreten. »Kennen wir uns?«

»Wieso?«

»Ihre Aussage, ich wäre wie immer vorbereitet, lässt darauf schließen.«

»Ach nein. Ich habe viel von Ihnen gehört. Aus dem Grund sagte ich das.«

»Das freut mich. Kommen Sie, Herr Klankowski. Hier herein. Nehmen Sie Platz. Ja, am kleinen Tisch. Möchten Sie etwas trinken?« Maxim nahm neue Patienten gern in Ruhe auf. Tee oder Kaffee, ein kleines Gespräch über das allgemeine Befinden. Nicht mit der Tür ins Haus fallen, war eine seiner eisernen Devisen. Obwohl er schon gern gewusst hätte, warum dieser Herr bei ihm war.

»Sie haben Tee vorbereitet?«

»Ja. Sie können aber auch gern eine Tasse Kaffee trinken. Ganz wie Sie wollen.« Er beobachtete die Körperhaltung des ihm Gegenübersitzenden und stellte fest: Er schien zwar aufgeregt, doch eher freudig. Wie ein Kind vor seinem Geburtstag. Gleichzeitig wippte er mit dem einen Fuß, als wäre er auf dem Sprung.

»Nein. Tee ist Ostfriesensache. Habe ich mir angewöhnt. Wie Sie.«

Maxim atmete in sich hinein. Er wollte den anderen keine Verunsicherung spüren lassen.

»Ich hole mal den Tee.« In der Küche nahm er das vorbereitete Tablett und überlegte kurz, leider vergeblich, woher er den Mann kennen konnte. Etwas an ihm hatte ein Wiedererkennen bei Maxim hervorgerufen.

»Wie trinken Sie den Tee, Herr Klankowski? Bitte, bedienen Sie sich.« Das in ähnlichen Fällen gesagte »Sie sollen sich wohlfühlen« ließ er weg.

»Danke, Herr Doktor. Ist es ein schöner Beruf, den Sie haben?«

Komische Frage. Er vermutete ein Krankheitsbild, das den Mann dazu brachte, sich äußerst ungewöhnlich aufzuführen. »Schön? Wenn man so will, schon. Ich halte meinen Beruf für wichtig. Beantwortet das Ihre Frage?«

Klankowski trank vom Tee. »Keine Ostfriesenmischung. Schade. Und ich schmecke etwas, was da nicht reingehört. Herr Doktor. Haben Sie mir was reingemacht?«

Schizophrenie. Keine leichte Form. Maxim war erleichtert, damit konnte er etwas anfangen. »Nein, habe ich nicht. Soll ich ebenfalls vom Tee trinken, damit Sie sehen, dass nichts anderes beigefügt ist? Nichts, was Ihnen schadet.«

»Hören Sie auf. Sie wissen, wer ich bin. Ganz genau. Sie haben mich an der Tür sofort erkannt. Tun Sie nicht so scheinheilig.« Klankowski fing an, laut zu reden, und bei manchen Worten spuckte es aus ihm geradezu heraus.

»Wollen wir uns nicht in Ruhe unterhalten? Meine Assistentin sitzt nebenan und macht die Buchführung. Wir wollen sie nicht stören. Und meine Frau schläft.« Maxim hätte gern noch hinzugesetzt, dass draußen eine Horde bewaffneter Polizisten stand, doch das schien ihm zu übertrieben für einen offensichtlich kranken Mann. Und Polizei, das Wort Polizei, löste bei aggressiven Menschen manchmal die nächste Gewaltstufe aus.

Der Mann begann zu lachen. Maxim erstaunte diese unerwartete Reaktion. Damit hatte er nicht gerechnet.

»Du bist allein. Mit mir allein! Du weißt nicht, wer ich bin? Du weißt es nicht? Sieh mich an!« Er lachte laut und spuckend, bis ihm die Tränen kamen.

Maxim stand auf. Er griff bei Tränen immer zur Packung Tempos. »Taschentuch?«

»Bist du so blöd? Hier!« Der Mann hielt ihm seine Hand hin. Die rechte. Der Zeigefinger fehlte komplett. »Siehst du das? Fällt der Groschen?«

Maxim fiel zurück auf den Stuhl. Der Groschen, dachte er, das ist er also. »Marianne? Marianne Schmidt? Ist das Ihre Frau?«

»Du hast sie auf dem Gewissen. Du hast ihr gesagt, sie soll sich von mir trennen. Sie wäre allein nie darauf gekommen. Sie hat nur von dir erzählt. Wie klug du wärst, wie du jeden Kranken heilen kannst. Und diesen ganzen Unsinn. Sie tat, als wärst du Jesus persönlich!« Klankowski weinte und schrie gleichzeitig.

»Marianne Schmidt ist seit einem Jahr nicht mehr zu mir gekommen. Ganz plötzlich. Ohne sich abzumelden.«

»Und Sie haben geschnüffelt, ich weiß. Haben sie angerufen. Sie war nicht da. Ist nicht mehr da. Sie ist weg. Allein Ihretwegen. Sie Dreckschwein!« Mit der linken Hand zog er eine Pistole hervor und hielt sie, sich über den Tisch beugend, Maxim direkt vor das Gesicht. »Na, sprachlos? Fällt Ihnen nichts mehr ein? Etwas wie: Ich kann nichts dafür. Ihre Frau hat eigene Entscheidungen gefällt. Ne! Hat sie nicht. Sie haben sie unter Drogen gesetzt. Wie Sie es mit mir eben auch vorhatten. Und dann hat sie gemacht, was sie von Ihnen gehört hat. Schämen Sie sich! Bereuen Sie!«

Maxim konnte nicht reagieren. Die Waffe steckte fast in seiner Nase und er hatte Angst, sich überhaupt zu bewegen. Beim Reden wurde das Gesicht bewegt. Und dann? Dann war es aus.

»Sag was!« Klankowski goss ihm den Tee über den Schoß. »Na, machst du dir in die Hosen?«

War es das jetzt? In der Leda hatte er kurz daran gedacht, zu gehen. Es wäre nicht aufgefallen. Ein Unfall eben. Nun aber mit der Waffe im Gesicht und dem heißen Tee auf der Hose fühlte es sich kein bisschen nach Befreiung an. Er rückte einen Zentimeter weg von der Bedrohung: »Was ist mit Ihrer Frau geschehen? Und warum tun Sie das?«

»Reden Sie nicht. Sie sollen bereuen. Sie sollen sich entschuldigen. Und heulen sollst du. Und kriechen und betteln, dass ich dich endlich abknalle. So wie du es verdienst. Du Schwein hast mich dazu gebracht, sie zu töten. Sie wollte weg von mir. Sie wäre vor die Hunde gegangen.« Er schwieg und wischte sich die Spucke vom Mund. »Es reicht. Du wirst jetzt sterben. Dann nehme ich mir die anderen vor.« Er hob die Pistole bis zu Maxims Augen und brachte sich vor dem Stuhl in Stellung. »Ein letztes Wort?«

»Unbedingt!«, brüllte Maxim. Er beugte sich mit einem harten Ruck nach vorne und stieß dabei mit einer Hand die Waffe zur Seite, mit dem Kopf rammte er den Unterleib des Mannes. Dann hörte er, wie eine Fensterscheibe zerbrach und etwas Hartes und Großes seinen Kopf traf. Bevor er die Folgen spürte, wurde ihm schwarz vor Augen.

*

Biggi hatte die rückwärtigen Fenster im Griff. Besser gesagt: voll im Griff. Der Doktor brachte einem Patienten Tee. Was nichts Neues war. Das gehörte anscheinend zum Service dazu. Ein bisschen wie beim Friseur, dachte sie. Bei mehr als Schneiden gab es ein Getränk. Manchmal sogar Sekt. Biggi verdrängte den Gedanken an eine neue Frisur. Das war ihr, die sonst sehr auf ihr Äußeres achtete, seit der Sache mit dem Doktor nicht mehr ganz so wichtig. Zweitrangig wenigstens. Helga war, was das betraf, deutlich überzogener. Sie zwang sich, durch das Fenster zu sehen. Dieser Mann schien ihr bekannt. Sie kannte vom Angesicht her inzwischen eine Anzahl der Leute, die des Doktors Dienste in Anspruch nahmen. Sie kam sich nicht mehr so dumm vor wie beim ersten Mal, als sie von außen in eines der Behandlungszimmer geschaut hatte. Und als sie enttäuscht war, keine bequemen Sofas in dem Raum zu finden. Stattdessen hochlehnige Stühle mit einem kleinen bunten Kissen für den Rücken. Der heutige Besucher, sie konnte sich schwer damit abfinden, all diese Menschen als krank, was hieße, als Patienten, anzusehen. Gäste klang deutlich freundlicher. Dieser Gast nun schien etwas schwierig zu sein. Statt wie alle anderen dankbar vom selbst gebrauten Tee des Doktors zu trinken, nahm er lediglich eine Zungenspitze davon. Als wäre der Tee vergiftet. Und dann, als Spitze der Frechheit, redete er scheinbar ohne Punkt und Komma auf den Doktor ein. Was war das für einer? Biggi hatte sich das immer absolut harmonisch vorgestellt. Und die Beobachtungen, die sie in der letzten Zeit gemacht hatte, waren die reinste Bestätigung ihrer Annahme. Dass nun einer der Irren tatsächlich irre wurde, damit hatte sie nicht gerechnet. Darauf hatte sie auch niemand vorbereitet. Der komische weißhaarige Mann hielt dem Doktor seine rechte Hand hin. Ausgespreizt. Leider war Biggi mit der Zeit leicht kurzsichtig geworden, so blieb ihr das fehlende Fingerglied verborgen. Die passende Brille, die ihr den Zeigefinger als fehlend hätte erkennbar machen können, lag im sehr alten Dacia, der weitab von der Altstadt seine Sommerpause in einer gemieteten Garage feierte. Das Nächste, was sie sah, war eine Pistole. Wobei sie sich schon anstrengen musste, um diese als eine zu erkennen. Da half sehr, dass Helga ihr eingebläut hatte, jeder Mann, der den Doktor aufsuchte, wäre ein potentieller Mörder. Mörder und Pistole passten zusammen. Das war klar. Selbst für eine Frau, die ungern Filme sah, in denen Mord und Totschlag dazugehörten.

Der da drinnen bei dem Doktor aber, der bei dem Doktor, der war echt, Biggi bekam es mit der Angst. Nicht um sich, das lag ihr fern. Um den Doktor natürlich. Der starr vor dem Mann mit der Pistole saß und sich nicht einmal mehr rühren konnte. Sie sah um sich. Nichts. Sie suchte in ihrer Handtasche. Ein Handy würde kaum ausreichen, um all das aufzuhalten. Sie sah noch einmal um sich, versuchte zu überlegen, was schneller half: den Notruf absetzen oder selbst eingreifen. Sie wählte 110 und gerade beim Tippen der letzten Ziffer stieß ihr ein hervorstechender Pflasterstein ins Auge. Er lag weniger adrett als die anderen. Sollte sie es riskieren? Sie kniete sich hin, wühlte mit der Hand um den roten Backstein und bekam ihn zu fassen. »Bei Doktor Henndorf«, war das letzte Verständliche, was Biggi von sich gab, bevor sie mit voller Wucht, begleitet von einem unmenschlichen Schrei, den roten Pflasterstein durch das Fenster warf.

*

»Volltreffer! Du warst das also. Und dann bin ich auf den Mann gefallen oder was? Ich kann mich an nichts erinnern. Du hast mir das Leben gerettet. Ich danke dir.« Maxim fühlte tatsächlich Dankbarkeit und war merkwürdigerweise froh, am Leben zu sein. Er hielt vorsichtig das Glas in der Hand. Er war noch etwas schwach auf den Beinen und sollte laut Antke Hanken ein paar Tage das Bett bei ihr hüten. Sie hatte all das im Beisein von Biggi und Helga gesagt, die sofort eifrig zustimmend genickt hatten.

Bescheiden hob Biggi ihr Sektglas: »Mit Plastik stößt es sich nachhaltiger an. Ja, ich war das. Wie im Sport, immer daneben geworfen. Mein Ziel knapp verfehlt. Du bist irgendwie auf ihn gefallen. Und dann kam zum Glück schon der Hauptkommissar. Der hatte ja immer ein Auge auf dich.«

»Ach was, du bist eine Wucht. Ohne dich sähe der Lauf der Welt ganz anders aus. Ohne deinen grandiosen Wurf hätte die Polizei vielleicht den Täter erwischt, aber eben auch eine weitere Leiche gehabt. Unseren armen Herrn Doktor. Du bist eine Wucht, Biggi!« Helga schenkte aus der Schampusflasche tüchtig nach. »Du solltest einen Orden verliehen bekommen. Mindestens. Wie du das ohne jede Krimierfahrung hinbekommen hast, Wahnsinn.« Helga sprach das letzte Wort langsam und voller Genuss aus.

»Sie haben ihn genau an der Stirn getroffen. Wenn das ein Zufall war, na dann.« Die Oberärztin hatte ihre ganz eigene Theorie zu den Vorfällen der letzten Wochen. »Eifersucht ist nicht selten das Motiv.«

Helga stimmte der Ärztin lebhaft zu: »Was es im Grunde war. Der war eifersüchtig auf den Therapeuten seiner Frau. Typisch Männer. Weil sie sich selbst nicht äußern können, sollen es andere erst recht nicht. Und wenn sie sich selbst als das Problem erkennen, dann Kopf ab.«

Biggi sagte: »Der war am Ende seiner Kräfte. Schon lange. Seine Exfrau sagt ihm nach, er wäre ein Kontrollfreak. Der konnte es nicht mitansehen, wie sie selbstständig wurde. Wie sie es nicht ertragen hat, mit einem Typen zusammen zu sein, der sich als Jugendlicher selbst verstümmelt hat!«

»Biggi, so kenne ich dich gar nicht. Sonst hast du immer für alles und jeden Verständnis.« Helgas Verwunderung war ehrlich.

»Lass mich. Ich habe unseren Doktor fast erschlagen, weil ich ihn schützen wollte. Und schuld daran ist dieser Kerl, der aus Eifersucht als Fünfzehnjähriger seinen Finger abgehackt hat. Ich sag bloß gut, dass es Menschen wie unseren Doktor gibt. Sonst wären wir alle bald tot.«

Kapitel 21

Maxim lief und atmete gleichmäßig. Was für ein Sommer. Er dachte an Helga und Biggi und musste lachen. Was seiner Atmung nicht guttat. Er bekam Seitenstechen. Und blieb stehen. Hier musste es gewesen sein. Er konnte sich noch immer nicht richtig erinnern. Hier war er gestolpert. Irgendwo, nachdem er rechts abgebogen war. Alle anderen hatten ihn gewarnt, hier wieder zu laufen. Und schon gar nicht in der Dunkelheit. Besonders Ubbo. Er hatte die größte Angst um ihn. Obwohl der Übeltäter längst hinter Schloss und Riegel saß.

Maxim, hatte er zu ihm gesagt, du bist das, was ich noch habe an Familie. An richtiger Familie. Du warst meiner Tochter so nah, wie es außer meiner Frau und mir niemand sonst jemals gewesen ist. Du hast sie geliebt. Wie wir. Über alles geliebt. Wenn du gehen willst, kann ich es verstehen. Wenn du sie vergessen willst, ist es bestimmt besser, wir sehen uns nicht mehr. Aber gleichgültig, was du tust, du wirst für mich Imkes Mann bleiben.

Von hier wegzugehen. Weit weg. Um diese Trauer loszuwerden. Und vor allem die Einsamkeit. Er war ohne Imke ein Nichts geworden. Manchmal kam er sich wie ein Zombie vor. Und er war wütend. Vielleicht sollte ich mich irgendeiner Bande anschließen, einem Schlägertrupp. So etwas muss es doch geben, selbst hier, hatte er bis vor wenigen Tagen immer wieder gedacht. Aber diese Sache hatte etwas in ihm verändert. Jetzt, da jemand gewollt hatte, dass er verschwand. Ganz verschwand. Der Mistkerl hatte seinen Tod gewollt. Und dieser Mistkerl war einer, der wie er Ostfriesland liebte. Und eine Frau über alles geliebt hatte. Marianne Schmidt, eine Ostfriesin. Einer jener netten Zeitgenossen, die harmlos ihre Hecken schnitten und den Rasen akkurat mähten. Und in ihrem Gewächshaus ein bisschen was für die Seele wachsen ließen. Und manchmal dazu noch ein Labor im Keller hatten, das bunte Pillen ausspuckte. Und er würde Marianne Schmidt niemals vergessen. Wie sie versucht hatte, ihren Burkhard trotz allem zu lieben. Obwohl er sich als Jugendlicher verstümmelt hatte. Obwohl er seine Eltern verabscheute. Und obwohl er kein gutes Haar an anderen Menschen lassen konnte. Der Lohn war ihr eigener Tod. In einer Nacht, grauer als vorstellbar, in der er seine Axt hob und sie damit erschlug. Nahe der Feuerstelle.

Nein, Maxim würde bleiben. Erst einmal. Nicht nur aus Mangel an Alternativen. Er musste wieder lachen. Verrückte Weibsbilder. Eine davon schien es auf Ubbo abgesehen zu haben. Sie hatte vor, mit ihm ins Büntingmuseum zum Tee zu gehen. Oder in den Kulturspeicher, wenn Otto mal wieder käme. Hatte Biggi Maxim anvertraut. Er konnte sich kaum vorstellen, dass Ubbo davon etwas gefallen würde. Denn der meinte, alteingesessene Ostfriesen tranken ihren Tee in der eigenen Stube und Otto hatte zum guten Ruf der Landsleute nicht unbedingt beigetragen. Aber Ubbo war auch nur ein Mann.

Das Seitenstechen ließ nicht nach. Er atmete tief ein und aus und versuchte, wieder gleichmäßig zu laufen. Er warf einen Blick auf seine beleuchtete Uhr, bald würde es hell werden. Er nahm eine Abkürzung und versuchte nicht mehr an das, was einmal war, zu denken. Er spürte eine lang vergessene Sehnsucht nach der Weite der See. Nach den unendlichen Wegen entlang des Watts. Nach dem wunderbaren rauen Wind. Vielleicht gab es ja sogar für ihn noch eine Zukunft.

Ostfrieslandkrimi-Empfehlungen des Klarant Verlages

Kennen Sie schon die Ostfrieslandkrimi-Serie **„Faber und Waatstedt ermitteln“** von Elke Nansen?

„Tödliche Krummhörn“, Band 1
Taschenbuch ISBN: 978-3-95573-707-8
eBook ISBN: 978-3-95573-708-5

Ein mörderischer Schleier liegt über der ostfriesischen Urlaubsregion Krummhörn. Bei Bauarbeiten wird die mumifizierte Leiche einer jungen Frau entdeckt, mehrere Jahrzehnte lag sie im Fundament des Hotels Deichrose begraben. Hauptkommissar Richard Faber und seine Kollegin Rike Waatstedt von der Kripo Emden werden mit dem Fall betraut. Wer ist die tote Frau, wurde sie ermordet? Eine Identifizierung ist nicht möglich, dennoch ergibt sich schnell ein Verdacht: Silvester 1985 verschwand die Frau des Bauunternehmers Enno Dahlke unter mysteriösen Umständen. Die Ehe war unglücklich, und genau zu dieser Zeit war die Baufirma Dahlke mit der Errichtung des Hotels Deichrose in Ostfriesland beschäftigt... Je tiefer die Kommissare in der Vergangenheit graben, desto düstere Zusammenhänge kommen ans Licht. Sie stoßen auf ein Netz aus Verzweiflung, Korruption und Gier. Die Liste der Verdächtigen wird immer länger, und der Fall mehr und mehr zum Rätsel ...

„Tödliche Leyhörn“, Band 2
Taschenbuch ISBN: 978-3-95573-784-9
eBook ISBN: 978-3-95573-785-6

Ein brutaler Mord erschüttert Ostfriesland. Auf der idyllischen Halbinsel Leyhörn schwimmt der Torso eines Mannes im Wasser, wer steckt hinter dieser grausamen Tat? Die

Kommissare Faber und Waatstedt von der Kripo Emden/Leer nehmen die Ermittlungen auf, und bald finden sie heraus: Bei dem Toten handelt es sich um den jungen ostfriesischen Journalismus-Studenten Jens Strom. Nach und nach scheint sich das Puzzle zusammenzusetzen: die Todesart, das verdächtige Vogelsterben in der Leyhörn, verunreinigte Nordsee – war Jens Strom dem organisierten Verbrechen auf der Spur und musste für seine brisanten Recherchen mit dem Leben bezahlen? Um die dunklen Machenschaften aufzudecken, begeben sich die Ermittler auf gefährliches Terrain. Was sie nicht ahnen: Sie haben es mit Gegenspielern zu tun, die wirklich vor nichts zurückschrecken ...

„Tödliches Ostfriesland“, Band 3
Taschenbuch ISBN: 978-3-95573-842-6
eBook ISBN: 978-3-95573-843-3

Ein schrecklicher Todesfall zerstört die Idylle des ostfriesischen Dorfs Freepsum. Auf dem Pferdeferienhof der Familie Hannler wird die eigene Tochter Gesine tot aufgefunden. Hat das erst 14-jährige Mädchen sich das Leben genommen? Die Kommissare Richard Faber und Rike Waatstedt von der Kripo Emden/Leer nehmen die Ermittlungen auf. Die Spur führt nach Emden, wo Gesine das Gymnasium besuchte. Ein verdächtiges Video taucht auf, und viel deutet auf ein perfides Spiel hin, das noch lange nicht zu Ende ist... Nach und nach setzt sich das Puzzle zusammen, zwischen mehreren schockierenden Ereignissen in Ostfriesland offenbart sich ein unerwarteter Zusammenhang. Der Täter verfolgt einen lange gehegten tödlichen Plan und wird nicht ruhen, bis er sein Ziel erreicht hat. Gelingt es den Ermittlern, ihn zu stoppen? Die Uhr tickt, denn in diesem emotionalen Fall zählt jede Minute ...

Klarant Verlag

Lernen Sie die Ostfrieslandkrimi-Titel des Klarant Verlages kennen und besuchen Sie uns im Internet unter:

www.ostfrieslandkrimi.de

und

www.klarant.de

Sie können dort Näheres über unsere Autoren erfahren, viele weitere interessante Bücher und eBooks finden und Leseproben herunterladen. Mit dem kostenlosen Newsletter auf

www.ostfrieslandkrimi-lesen.de

erhalten Sie aktuelle Informationen rund um das Verlagsprogramm, wie beispielsweise spannende Neuerscheinungen und Gewinnspiele.